二度転生した少年はSランク冒険者として平穏に過ごす

~前世が賢者で英雄だったボクは来世では地味に生きる~

11

絵 illustration イケシタ

リリエラ【冒険者ランク:A】

レクスとパーティを組んでいる少女。彼との冒険でかなり力をつけて来ておりSランクへの昇格が期待されている。

レクス【冒険者ランク:S】

二度転生し念願叶って冒険者となった少年。自身の持つ力は今の世界では規格外過ぎるが本人にその自覚はない。

チームドラゴンスレイヤーズ【冒険者ランク:C】

レクスとの修行を経て、着々とランクアップしているジャイロ、ミナ、メグリ、ノルブの4人組パーティ。

モフモフ

この世を統べる世界の王(自称)。レクスを倒す機会を狙うが本人にはペット扱いされている。名前はあくまで仮称。羽が好物。

あらすじ

賢者、英雄と二度の人生を経て転生し、憧れていた冒険者となり、瞬く間にSランクにまで昇格した少年・レクス。今回はギルドの依頼を受けて東国へと向かうが、途中で船が暴風雨に巻き込まれ、一行はバラバラになる。そこでミナが出会った雪之丞は東国の次期将軍だが、何者かに命を狙われていた。次々襲いかかる刺客から雪之丞を守るミナは、どうにかレクスやほかのメンバーと再会。やがて明らかになった真の敵を、レクスは撃退するのだった。

第16章

第204話　エルフとの遭遇　014
第205話　いざ秘密の郷へ　033
第206話　魔獣蠢く森　063
第207話　災厄と霊樹　084
第208話　エルフの長とドワーフの長　102
第209話　鉄の秘奥　118
第210話　素材を採取しよう　137
第211話　精霊魔法と普通の魔法　155
第212話　食料問題を解決しよう！　165
第213話　エルフの訓練と追加報酬、そして成長　178
第214話　避ける、近づく、近づく、壊れる　188
第215話　森の奥に潜むモノ　206
第216話　純白の祝祭　229

第217話　感動の再会　239
第218話　大樹を喰らうモノ　246
第219話　獰猛なる食欲の群れ　252
第220話　魔を喰らうもの　264
第221話　魔法が効かないなら物理で倒そう　275
第222話　さよなら世界樹の郷　281

書き下ろしエピソード

現代編　『世界樹クッキング』　299

あとがき　318

第16章

第204話　エルフとの遭遇

「うーん、そろそろ新しい武器に替えようかなぁ？」

王都の家で装備の手入れをしていた僕は、剣の劣化具合を見ながらそんな事を考えていた。

というのもヴェノムビートのような猛毒を持った特殊個体や、溶岩の海で暮らすボルカニックタートルのような特殊な環境で暮らす魔物と立て続けに戦った事で部品の劣化が激しくなっていたんだよね。

特に交換用の消耗部品が酷《ひど》い事になってるんだ。

「おっ、兄貴買い替えか？」

装備を変えると聞いて、ジャイロ君が嬉しそうに駆け寄ってくる。

うん、新しい装備ってワクワクするもんね。

「馬鹿ね、レクスの場合買うより自分で作った方が良い物が出来るわよ」

「あっ、そりゃそうか」

ミナさんの言葉に納得の声を上げるジャイロ君達。

「確かにそうですね。レクスさんなら木の棒でもそこらの剣より切れそうですから」

いやいや、それは買いかぶり過ぎだよ皆。

「そんな事はないよ。ドワーフの職人が作る武具は僕の作る物なんかより遥かに質が良いからね」

そう、前世や前々世で出会ったドワーフ達の技術はすさまじく、質の悪い鉄を使っても他種族の鍛冶《かじ》師が上質な鉄で作った武具以上の物を作りあげる程だったんだ。

「ドワーフ？　ああ、ゴルドフさんの事か。でもあのオッサンは兄貴の弟子じゃん」

ドワーフの鍛冶師と聞いてトーガイの町で働くゴルドフさんの事を思い出すジャイロ君。

「ゴルドフさんが僕に弟子入りしたのは、彼の元々の師匠の教育方針が原因だからだよ。極めたドワーフの技術は本当に凄《すご》いんだよ」

実はゴルドフさんはドワーフの職人の中じゃ若い方なんじゃないかな？

そして厳しい師匠が修行の為にあえて半人前の状態で人間社会に放り出したのかもしれない。

人間社会だと弟子を半人前で放り出すなんてありえない事なんだけど、他種族が相手だとそうとも言い切れないんだよね。

前世や前々世でも他種族は人族とは違う常識で行動してたから、種族的な常識の違いに驚いたことは一度や二度じゃない。

「ドワーフねぇ。そう言えば他種族ってあんまり見ないから、他のドワーフの腕がどうなのか分かんないわね」

「え？　異種族を見ない？　それってどういう事ですか？」

僕達の中でも一番冒険者としての経歴が長いリリエラさんがそんな事を言ったので、僕は驚いてしまう。

リリエラさんはほぼヘキシの町、というか魔獣の森専門でよその町には行ってないみたいだけど、それでも大きな町で活動していたのなら他の町の情報を聞くだろうし、町に立ち寄った他種族と遭遇する事もあるだろうに。

「よく分かんないんだけど、異種族って自分達の国に籠ってあまり外に出ないのよ」

「へぇー、そうなんですね」

意外だな。前世や前々世では普通に見かけたんだけど。

今の時代になって考え方が変わったのかな？

「でも言われてみれば確かに他種族を見た記憶がほとんどないや。一番よく見る他種族と言えば……魔人、かな？」

「「「いやいや、それこそ一番見ない存在だから」」」

と、今世で最も遭遇した異種族の事を思い出すと、それを聞いていた皆が一斉に否定してきた。

「というか、ほんの数ヶ月前まで魔人が実在するなんて思ってもいなかったのよねー」

「ですよね。村を出てきてから何度魔人と遭遇した事か」

「俺、もう一生分くらい魔人にあった気がする」

「ホントそれ」

まぁ今の時代の魔人は色々と裏で企んで表には出てこなくなったみたいだから、気持ちは分からないでもない。

とはいえ、やっぱり前世と前々世の記憶がある僕としては魔人を見ない今の時代の方が違和感を感じるんだよね。

うーん、でもそんな話をしてたら、何で異種族が自分達の国に籠るようになったのか気になってきちゃったなぁ。

異種族の事情に詳しい人か……でもそんなピンポイントな事情に詳しい人なんて……あっ！　そうだ、あの人がいたじゃないか！

「ゴルドフさんに聞いてみよう！」

「えっ!?」

そうだよ。ゴルドフさんも異種族なんだし、その辺りの事情を聞くのに最適な相手じゃないか！

「でも何であの人に？」

「うん、さっきも言ったけどそろそろちゃんとした職人の作った装備が欲しいからね。ゴルドフさんにドワーフの郷がどこにあるか聞こうと思ったんです。で、そのついでに何で異種族が他国に出てこなくなったのかを聞いてみればいいんじゃないかって」

「へー、ドワーフの郷かー」

ドワーフの郷へ行くと聞いて、皆も興味を示す。

「ドワーフの鍛《きた》えた品は武具以外でも価値が高い。そんなドワーフが暮らす町なら凄いお宝がありそう……つまり、凄く興味ある」

「メグリが長文を喋ってる。これは本気だわ」

ああ、メグリさんのやる気のあるなしはそうやって判断するんだ。流石《さすが》付き合いが長いだけあるなぁ。

「よーし！　それじゃあ明日はトーガイの町に行くよー！」

「「「「おーっ!!」」」」

そんな訳で僕達は新しい装備を手に入れる為、ついでに異種族の事を聞く為にゴルドフさんのお店に向かう事にしたんだ。

◆

「こんにちはー」

飛行魔法でトーガイの町にやって来た僕達は、さっそくゴルドフさんのお店にやって来た……んだけど。

「あれ？　ゴルドフさんいないのかなぁ？」

お店の中にはお客さんどころかゴルドフさんの姿もなかったんだ。

鍵もかけずに不用心だなぁ。

「待って、奥から話し声が聞こえるわよ」

リリエラさんの言葉に耳をすませば、確かに奥の工房から人の声が聞こえてくる。

「すみませーん！」

工房の方に声をかけると、話し声が止まってゴルドフさんが出てくる。

「ああ悪いな。今ちょっと立て込んでて……って師匠!?」

僕の顔を見たゴルドフさんが何やら妙に驚いた様子で声を上げる。

急に来たからビックリさせちゃったかな？

「おひさしぶりですゴルドフさ……」

「ちょうど良かった！　今まさに師匠の話をしていた所なんですよ！」

用件を切り出す前にまずは再会の挨拶をと思ったんだけど、ゴルドフさんは突然僕の両手を握って嬉しそうにそんな事を言ってきたんだ。

「え？　僕の話？」

僕の話って、一体何を話していたの!?

「おーいシャラーザ！　こっちに来い！」

ゴルドフさんが工房の方に声をかけると、奥から先ほどの会話の相手と思《おぼ》しき人が出てくる。

「「「「「あっ」」」」」

そして出てきた人の姿を見て、僕達は驚いた。

「一体どうしたのだゴルドフ」

その人は銀色の長い髪をなびかせたとても美しい人だった。

けれどそれ以上に特徴的なのはその耳だ。

人族の丸い耳とは違い、その人の耳はツンと尖《とが》った形をしていたんだ。

「「「「「エルフだ!?」」」」」

そうこの人はエルフだ。

森の種族エルフ。彼等は精霊と森と共に生きる種族で、人族とは違った技術を持って繁栄している種族なんだ。

前世じゃどこにでもいる普通の異種族の一つだったんだけど、リリエラさん曰くエルフ達もまた自分達の領域に籠って滅多に外に出てこないらしい。

「このタイミングでエルフと会えるなんて……」

ついさっき異種族の話をしていたっていうのに、本当にびっくりだよ！

「喜べシャラーザ！　この方がさっき話していた俺の師匠だ！」

「何？」

そう言ってゴルドフさんは僕の背中を押してシャラーザと呼んだエルフの前へと連れていく。

けれど当のシャラーザさんは困惑の顔で僕を見ていた。

「師匠。コイツは俺の古い知り合いのエルフでシャラーザと言います。ちょいと俺達の故郷で困った事になって、それで師匠の力を借りたいと相談を受けていたんですよ」

「ゴルドフさんの故郷の事情ですか？」

あれ？　俺達って事は、エルフとドワーフが一緒に暮らしているの？

「ええ、実は今……」

「待てゴルドフ、どういう事だ!?　お前の師とはドワーフではなかったのか!?」

ゴルドフさんに事情を聞こうとしたら、シャラーザさんが突然大声を上げて詰め寄って来たんだ。

「いや、師匠は見ての通り人間だぞ。言ってなかったか？」

ゴルドフさんがそう答えると、シャラーザさんは顔を真っ赤にして怒り出す。

「聞いていないぞ！　私が聞いたのはお前の師がSランク冒険者だという話だけだ！　だというのに人間の子供が師だと!?　私を馬鹿にしているのか!?」

あーうん、まぁ知り合いのドワーフが若い人間に弟子入りしていたらビックリするよね。

特に今世の僕は成人して間もないから、子供と間違えられるのも仕方がない。

「おいアンタ！　エルフだかなんだか知らねぇが兄貴の事を何も知らない癖に随分な言い草じゃねぇか！」

シャラーザさんのその物言いに納得出来なかったジャイロ君が食って掛かる。

「ふん、知っているぞ。お前達人間は見た目の若さと年齢が比例することくらいな。そしてSランク冒険者は熟練の冒険者だけが成れるのだろう？　ならば若く未熟な子供の人間では冒険者の最高峰に成るなど不可能と言う事ではないかっ!!」

　いやまぁそれについては僕が一番納得いってないんだけどね。

「あーまぁそうなんだけどなぁ」

「気持ちは分かるんだけど」

「普通に考えればそうなのよねぇ」

「僕達だって何も知らなければそう考えていたでしょうしねぇ」

「ん」

「「「でも兄貴／レクス／レクスさんだから」」」

　あ、あれ？　皆その結論はおかしくない!?　何で僕なら納得するの!?

「シャラーザよ、確かにレクス師匠は若く見えるかもしれんが……」

「っ!!」

　激昂《げっこう》するシャラーザさんをなだめようとゴルドフさんが出てきた瞬間、シャラーザさんが動いた。

「何をっ!?」

「兄貴っ!?」

　リリエラさんとジャイロ君が反応したものの、既にシャラーザさんの剣は僕の喉元に突きつけられた後だった。

シャラーザさんは剣を引くと、冷たい目でゴルドフさんを睨《にら》みつける。

「見ろ、この小僧の間抜け面を。私の寸止めに全く反応出来なかったではないか。まだそちらの娘と小僧の方が見込みがある」

それだけ言うとシャラーザさんは剣を納め、僕達に背を向ける。

「郷の者ではないお前に相談したのが間違いだった。Sランク冒険者は私だけで探す事にする」

「ま、待てシャラーザ！　師匠は本当に……」

けれどシャラーザさんはゴルドフさんの言葉に耳を貸す事はなく、そのまま店を出ていこうとドアに手をかけた……その時だった。

ドォォォォォォォォンッッッ!!

突然、店の外から大きな音が響いてきたんだ。

「な、何だ!?」

一体何が起きたのかと驚いた僕達が外へ飛び出すと、それは見えた。

「何だありゃ!?」

「で、デカッ!?」

「き、巨大な魔物!?」

「な、なんて大きさ……」

皆が驚いたのも無理はない。

その魔物は本当に大きかったんだ。

この町……というか大抵の町の周囲には背の高い防壁があって、それのお陰で魔物や盗賊が町に侵入する事を防いでいる。

だから通常町の中から町を襲う魔物の姿は見えたりしないんだ。

にも拘わらず、その魔物の姿を僕達は見る事が出来た。

しかもそれが三匹！

「……馬鹿な」

シャラーザさんが驚くのも無理はない。

何しろあの魔物の大きさは町を守る防壁をはみ出すほどなんだから。

見えない部分を含めたらドラゴンよりも大きいかもしれないぞ。

「ギュルアァァァァァァァァァァッッッ!!」

「「「う、うわぁぁぁぁぁぁぁぁっ!!」」」

魔物の雄叫《おたけ》びを聞いて我に返った町の人達がパニックを起こし、慌てて魔物から逃げ出し始める。

「いけない！　皆パニックになってる！　まずは町の人達の避難を手伝わないと！」

「それは僕達がやります。僕達の攻撃力ではあの巨体に当てても焼け石に水でしょうから」

「ん、冒険者ギルドと衛兵隊に手を貸す」

そう言ってくれたのはノルブさんとメグリさんだ。

「俺は行くぜ！　アイツを足止めしないとな」

「まぁそうなるわよね。アイツが私達に気付くか分からないけど」

「待ちなさいって！　まずは私が魔法で派手に注意を引くから、飛び込むならその後にしなさい！」

そしてジャイロ君とリリエラさんの前衛組と魔法使いであるミナさんが魔物を町から引き離す相談を始める。

となると僕はミナさんと一緒に魔法で魔物を町から引き離す役かな。

「そういう訳なので、ゴルドフさん達は……」

避難していてくださいと言おうとしたその時、突然シャラーザさんが弾き出されるように飛び出したんだ。

それも魔物に向かって。

「シャラーザさん!?」

「お前達は手を出すな！　アレの狙いは私だ！」

足を止めずにそう言うと、シャラーザさんは人ごみの中に消えていってしまった。

「いけない！　僕達も追いかけよう！」

僕達は慌てて飛び出していったシャラーザさんを追いかける。

理由は分からないけど、あの魔物を見た瞬間のあの人の様子は尋常じゃなかった。

もしかしたらあの魔物が、シャラーザさんが僕を、いやSランク冒険者を探していた理由なのかもしれない。

「待ってくださいシャラーザさん!!」

幸い、シャラーザさんにはすぐに追いつくことが出来た。

「ねぇ！　あの魔物を知ってるの!?」

「お前達には関係のない話だ！　私がアイツをおびき寄せる。その間にお前達は町の人間を反対方向の門から逃がせ！」

シャラーザさんは僕達が追ってきたことに気付くと、わずかに驚きと苛立ちの混ざった顔を見せる。

「お前達!?　何故ついて来た！　足手まといだ、さっさと逃げろ！」

「そういう訳にはいかねぇぜ！　この町は俺達が最初に拠点にした町だかんな！　俺達も一緒に戦うぜ！」

僕達に避難を促すシャラーザさんにジャイロ君が反論する。

「そういう事。正直言えば関わる義理なんてないけど、流石にこの状況を放ってはおけないものね」

ちょっとからかうような口調でミナさんもジャイロ君の意見に同意する。

「アレの狙いは私だと言っただろう！　巻き込まれたくなければすぐに離れろ！」

そう言ってシャラーザさんは僕達を拒絶する。

うーん、この人口調はキツいけど悪い人じゃないっぽいね。

寧《むし》ろキツい言い方をする事で僕達を遠ざけようとしているような……

そしてこの位置まで来たことで、誰かが魔物と戦っている姿が見えてきた。

防壁の上で弓や魔法を放っているのは衛兵さん達みたいだ。

もしかしたらオーグさんもいるかもしれない。

でも彼等の攻撃は魔物に全然通用していないみたいで、矢が当たっても刺さることなく弾かれていたんだ。

「奴の殻は硬い。生半可な攻撃では貫通など不可能だ！」

成る程、どうやら相手は相当硬さに自信のある魔物みたいだね。

でもあの魔物、全然見覚えがないんだよなぁ。前世でも前々世でも見た記憶がない魔物なんて。

なんて事を考えていたら、魔物が何かを吐きだした。

するとそれに当たった防壁の一部がみるみる間に溶けだしたんだ。

「ああっ!?　防壁が溶けた!?」

「酸だ。あれを使われたらただの石作りの壁などひとたまりもない。お前達も死にたくなければ今すぐに逃げろ！」

やっぱりシャラーザさんは僕達を巻き込まないようにしているみたいだ。

「私が奴の注意を引いて町から引き離す。お前達は逃げ遅れた人間達を連れて反対側の門から逃げろ！」

「ねぇ！　何でそこまでして自分が囮《おとり》になろうとするの!?」

「奴等がこの町の人間まで標的にしない為にだっ！」

リリエラさんの言葉に間髪入れず答えたシャラーザさんの眼差しは真剣そのものだった。

この人は本気で知り合ったばかりの僕達や町の人達を巻き込まないように気を遣っているんだ。

ああそうか！　さっきのバレバレの寸止めは僕達を巻き込まない為の演技だったんだね。

殺気が全然無かったのも、若い僕達を危険な目に遭わせたくなかったからなんだね！

「分かりました！　それなら僕等の魔法でアイツを防壁から引き剝がします！」

「だから逃げろと……っ!!　ああもう！　やるなら土か風系の衝撃系魔法だ！　奴の甲殻は分厚すぎて魔法でもダメージはなかなか通らん！　ダメージを与えようと考えるな！　ヤツの気を逸らすだけで構わん！」

「分かりました！」

成る程、分厚さを極める事で魔法への疑似的な耐性を獲得したんだね。

地味に面倒なタイプの魔物だなぁ。

と思っていたら、シャラーザさんがため息を吐きながら僕に声をかけてきた。

「あの魔物を見ても戦意を失わないとは、お前は未熟ではあるが正しい戦士の心は持っているようだな。まぁさっきの非礼は撤回してやらんでもない」

それだけ言うとシャラーザさんは大きく目立つように跳躍をする。

うーん、やっぱり良い人だなぁあの人。

「よーし、それじゃあ僕達もシャラーザさんの援護だ！　行くよ！　トライバーストインパクト！」

僕は今まさに溶けた防壁の隙間から町に入ろうとしていた魔物へ向けて魔法を放つ。

これぞ対大型甲殻系魔物用魔法トライバーストインパクト！

面積の広いハンマーのごとき衝撃を瞬間的に三連発する打撃系魔法だ！

これならあの巨体を防壁から引き剝がす事が出来……

ドッ、グシャアッ！

「あ、あれ？」

まずは防壁から引き剝がそうと思ったのに、何故か魔物は一発目の衝撃を受けただけで破裂してしまった。

「……え、えーと」

予想以上に簡単に吹き飛ばせた……というか倒せてしまった事に困惑してしまう。

見れば先行しようとしていたシャラーザさんが困惑するように近くの家の屋根の上で立ち尽くし

ている。

そしてこちらに振り向きお前が何かしたのか？　と目線で聞いてきた。

「ええと……意外と殻が薄かったみたいですね？」

「い、いやいやいや！　奴の甲殻の硬さは並みの武器や魔法では傷一つ付ける事が出来んのだぞ！　ただの魔法であんな風になる訳がない！」

シャラーザさんがありえないと声を張り上げるんだけど、こちらも事前情報と違って驚いている訳だし……

「あっ、もしかしてカニみたいに脱皮した直後だったとか？」

それならあの柔らかさも納得が……

「そんな訳あるかぁぁぁぁぁぁぁっ!!」

第２０５話　いざ秘密の郷へ

「援護するわ！　トライバーストインパクト！」

「ナイス！　次は俺の番だぜー！　メルトスラーッシュ!!」

ミナさんの風の魔法で押し返されたところに、超高熱の青い炎を刃に纏《まと》ったジャイロ君の一撃が、魔物を脳天から切り落とす。

「あと一匹！」

僕は残った一匹を、横一文字に切り裂く。

すると魔物はスルリと切れてゆく。

うん、やっぱり脱皮したてなのか柔らかいね。

正に不幸中の幸い……ガギッ！

「ん？　何か今、変な感触が」

したような、と思ったんだけれど、魔物自体はちゃんと両断する事が出来ていた。

「まぁいいか」

全ての魔物を倒して無事町を守りきった僕達は、魔物の死体の処理を衛兵隊に任せると、シャラーザさん達のところへ合流する。

話が途中だったし、どうもシャラーザさんはあの魔物を知っているみたいだったからね。

◆

「お前達を侮ってすまなかった」

町を襲った魔物を討伐した僕達にシャラーザさんはそう言って頭を下げてきた。

「認めよう。ヤツを倒したお前は間違いなく優れた戦士だ。そして町の人々を守る為に臆することなく立ち向かったお前達もな」

「いえ、気にしないでください。分かってもらえればそれでいいんですよ」

「そーそー、兄貴はマジでスゲェだろ！　何せ史上最速でSランクになったんだからな！」

いや、それは関係ないんじゃないかなジャイロ君。

「ああ、ヤツを単独で倒す者など我等エルフの戦士にもいない。Sランク冒険者の凄まじさをこの身で感じた」

え？　それは流石に買いかぶり過ぎじゃない？　あの魔物はそんなに強くなかったよ？

「そーだろそーだろ！　へへへっ、何だアンタ結構話が分かんじゃゃん！」

りれど意気投合したジャイロ君とシャラーザさんは僕の困惑を放置して盛り上がってしまっていた。

そして改めてこちらを見ると姿勢を正して再び頭を下げる。

「レクス殿。改めて貴殿に頼みたい。我等の郷を、我らが守るモノを救って欲しい」

「人の目がある場所では話せん。詳しい話はゴルドフの所でしよう」

どうやらかなり重要な案件みたいだね。

◆

ゴルドフさんのお店に戻って来た僕達にシャラーザさんが話を始める。

「貴殿らに頼みたいのは……我等の母たる霊樹の保護だ」

「霊樹の保護、ですか？」

「うむ、我等の郷ではある霊樹を祀《まつ》っている。この霊樹に生《な》った実を魔物達が狙っているのだ」

へぇ、エルフ達が祀る霊樹かぁ。一体どんな樹なんだろう。

エルフは自然との調和を重視する種族だから、そんなエルフ達が大事にする霊樹となるとそうとう特別な樹なんだろうね。

ただそうなると一つ気になる事がある。

「それは分かりました。ただエルフの方達は優秀な戦士と聞きます。特に精霊の力を借りた魔法は熟練の魔法使いに匹敵するとも」

「なぁ兄貴、エルフってそんなに強いのか？」

エルフと出会う機会のなかったジャイロ君は、シャラーザさん達エルフがどれ程の力を持っているのかと聞いてくる。

「うん、エルフは見た目こそ華奢《きゃしゃ》で美しいから勘違いされるけど、戦士達はとても勇敢なんだ。特に自然に宿る精霊の力を借りた精霊魔法は使用出来る場所に制限はかかる代わりにかなりの威力を発揮するそうだよ」

「へぇー。意外とスゲェんだなアンタ等」

そうなんだ、前世のエルフは強力な戦士達が多かったんだよね。

綺麗な顔で嬉々として魔物に立ち向かっていくから美しき蛮族とか呼ばれていたし、軍の儀式魔法に匹敵する大精霊の力を借りた精霊魔法は神出鬼没の殲滅《せんめつ》花火とも呼ばれていたね。

知り合いのエルフの使う精霊魔法も本当に派手だったもんなぁ。

「いや、それ程でもない」

けれどシャラーザさんはジャイロ君の賞賛に対し、ストイックに謙遜する。

「話を戻すが、確かに我等エルフの戦士は自らの武に誇りを持っている。だがそれ以上に魔物の数が多く、とても対処しきれないのだ」

強力無比な精霊魔法の使い手であるエルフの戦士達でも対処出来ない程の魔物の大群か。

これは……予想以上に大きな案件かもしれないね。

「出来れば霊樹の実が熟すまで防衛を手伝ってもらいたいが、我らの代で霊樹の実が生ったのは初めての事なのでな、一体いつになったら実が熟すのか分からんのだ。それゆえ、ある程度魔物を討伐しその侵攻が弱まった時点で依頼達成としたい」

「そうは言っても木の実なんでしょ？　だったらそこまで時間はかからないいんじゃないの？」

ミナさんの疑問に皆も頷くけど、シャラーザさんだけは首を横に振って否定した。

「霊樹の実が生ってから既に二百年が経過している」

「「「「二百年!?」」」」

予想外の年数に思わず声を上げてしまう。

二百年経ってもまだ熟さない実って何!?　そんなの聞いた事もないよ!?

「うむ、人間の寿命では数年の拘束でも長い時間だろう？」

「二百年とかお婆ちゃんを越えて骨になっちゃう」

「ですよねぇ。流石にそれだけ長い時間拘束されるのはきついですね」

皆も年単位の拘束は流石にと困惑気味だ。

「そういう事だ。魔物の巣を発見する事が出来れば僥倖《ぎようこう》だが、部外者にそこまでの危険は負わせられん。そこで魔物の侵攻が弱まらない場合でも最低一ヶ月は共に戦ってくれればいい。それ以上滞在してもらう必要が生じた場合はその都度契約を結ぼう。またその間の住む場所と食事は報酬とは別にこちらで用意しよう……でいいんだな？」

とシャラーザさんがゴルドフさんを見ると、ゴルドフさんが頷く。

どうやら依頼内容に関しては人間の時間感覚を理解しているゴルドフさんと相談していたみたいだ。

とはいえ一ヶ月か。討伐なら全滅させれば終わりだけど、数が多すぎて倒しきれないっていうのは大変そうだなぁ。

「幸い、貴殿等の実力は先ほどの戦闘で確認させてもらった。素晴らしい魔法、そして剣技だった。とくに最後の剣での一撃、あれは見事だった。郷のドワーフ達ですらあれ程の武具は作れまい」

「悪かったなヘボ鍛冶でよ」

僕の剣を絶賛しつつもドワーフの技術を貶《けな》されてゴルドフさんがフンと鼻息を鳴らす。

「ははは、そう言うな。お前だって絶賛していたじゃあないか。そうだ、あの剣を改めて見せてもらえないか？　先ほどは遠目でよく見えなかったからな」

「ええ、構いませんよ」

僕は腰に佩《は》いていた剣を抜いてシャラーザさんに渡す。

「これがあの忌々しい魔物を切り裂いた剣か。一見するとどこにでもありそうな見た目だが……」

「ふん、それが分からんようじゃお前もまだまだだな」

「抜かせ。我等は戦士だ。どんな名人が作った武器だろうと、実際に使ってみなければ納得はせん。見てくれればかり煌《きら》びやかにしたナマクラを作る連中が多いからな」

ははっ、エルフとドワーフはいつの時代でも憎まれ口を叩き合ってるのは変わらないね。

これで本心で憎み合ってるわけじゃないあたり、喧嘩する程仲が良いってやつなんだろうなぁ。

「レクス殿、厚かましい頼みだが、試し切りをさせてもらっても構わないか？　あの魔物を切り裂いた剣の切れ味を感じてみたいのだ」

「構いませんよ。ゴルドフさん、何か試し切りに使えるものはありますか？」

「おお、それならこの間作ったばかりの新品がありますよ！　コイツは自信作ですよ！」

試し切りの巻き藁《わら》替わりになるものを頼んだら、キラキラと輝く新品の鎧《よろい》を引っ張り出してくるゴルドフさん。

「そこでポンと自信作を試し切りの為に出すあたりスゲェよなぁ」

ジャイロ君が呆れ半分感心半分で呟くと、ゴルドフさんがフンと楽しそうに鼻を鳴らす。

「折角師匠の剣を使うんだ。今の俺の最高傑作でお相手するのが弟子の礼儀ってもんだろ」

「そういうもんかねぇ」

そこまで言われるとなんだかくすぐったいけど、ゴルドフさんの心意気には応えたい。

「よかろう、ならば貴様の身の程知らずのプライドごと私が叩き切ってくれよう！」

「抜かせ、手前ぇこそ師匠の剣の性能に振り回されて変な傷をつけるんじゃねぇぞ」

ただの試し切りなんだけどなぁ……

「では早々にゴルドフを切らせてもらうとするか」

いや、ゴルドフさんの鎧でしょ。

シャザーラさんは鎧の前に立つと、剣を大上段に構える。

今回はただの試し切りだから、敵の反撃を気にせず大ぶりな一撃で剣の感触を楽しむ感じなんだろうね。

「せいっ!!」

勢いの乗ったシャザーラさんの一撃が、振り下ろされる。その結果……

パキンッ
僕の剣が真っ二つに割れたんだ。

「「「「「え？」」」」」

「キュ？」

折れた剣の先端はクルクルと回転し、そのまま床に落ちてゆく。

トスッ
そして吸い込まれるようにモフモフの頭に刺さる。

「……キュー－－－ッ!?」

「「「「「お、折れたぁぁぁぁぁぁぁぁっ!?」」」」」

「うわぁーっ、モフモフーッ!?」

慌てて折れた刀身を抜くとプシューとモフモフの頭から噴水のように血が溢れる。

「ハイヒール!!」

急ぎ回復魔法を使ってモフモフの傷を治療すると、すぐに血は止まる。

ふー、良かった。

「た、たたた大変だ！　兄貴の剣が折れたーっ!!」

「お、俺の鎧が師匠のけけけけ剣を!?　ま、まさか遂に念願の師匠越えを!?」

「すすすすまん！　もしかして私の所為か？　私の扱いが悪くて折れたのか!?」

モフモフの命に別条がなくてホッと一安心して振り返れば、皆は僕の剣が折れた事に大騒ぎしていたんだ。

「いや皆、そこはモフモフの心配をしてあげようと」

「「「「……ごめんなさい」」」」

「フッキュン!!」

ほら、モフモフもご立腹だよ。

◆

「本当に申し訳ない!!」

折れた剣を差し出して、シャラーザさんが深々と頭を下げる。

「いえ、大したものじゃないので気にしないでください」

「いや、あれだけの切れ味を見せた剣が大したものでない筈がない。それ程の業物《わざもの》を折ってしまった事、本当に申し訳ない。本来ならこの剣と同じだけの物で弁償するのが筋だが、これだけの品と同じ物を用意する事は外の世界での伝手《つて》のない私には出来ない。それゆえ、我が郷で価値のある品を可能な限り用意して弁償させてもらいたい」

と、シャラーザさんはこの世の終わりのような顔で謝り続けてくる。

参ったな。本当に大したものじゃないんだけど。

「そんなに気にしなくていいですよ。アレはあり物の材料で作った本当に大した事のない品だったんですから。その証拠にホラ、予備が何本かありますから」

そう言って僕は魔法の袋から予備の剣をいくつか取りだす。

「しかし予備は予備だろう。あの剣の代わりは……」

「大丈夫ですよ、ほら」

僕は予備の剣でゴルドフさんの鎧を真っ二つにする事で、武器の性能に変わりはないと説明する。

「あっ」

「ねっ、この通り、切れ味に大差ないですから」

「俺の……自信作」

「そうなのか……？　しかし君の剣を折ってしまったのは事実だ」

うーん、真面目な人だなぁ。

剣については……ああ、やっぱり。

「シャラーザさん、これを見てください」

僕は折れた剣の切断面をシャラーザさんに見せる。

「この切断面、この辺りが他の部分よりおかしいでしょう？　これは剣に負担が溜まって限界に達していた証なんですよ」

「負担？」

「はい。この剣もそこそこ色々な物を切ってきたので、いい加減素材が耐えられなくなってきていたんですよ」

つまりは金属疲労が原因だ。

「実際さっきの魔物を切った時、変な手ごたえがありました。さっきの試し切り、やっていたのが僕だったとしても、剣は折れていた事でしょう」

「そうだったのか……」

よかった、やっと納得してくれたみたいだ。

「だからもう気にしないでくださいシャラーザさん」

「……その気遣い、感謝する」

剣の事は解決したし、そろそろ本題に戻ろうか。

「それじゃあ本題に戻りましょ……」

しかし話題を戻そうとした僕の肩を、メグリさんが叩く。

「どうしたんですかメグリさん？」

「ん、アレ」

そう言ってメグリさんが指さしたのは、割れた鎧の前で呆然とするゴルドフさんだった。

「俺の鎧、壊れかけの師匠の剣でないと耐えられないようなポンコツだったの……？」

「あっ」

その後、僕達は部屋の隅で小さくなって落ち込むゴルドフさんを元気づけるのに、魔物と戦った時よりも多くの時間をかける事になってしまうのだった。

◆

「師匠の剣に耐えられなかったのは仕方がねぇ！　今度こそ師匠の剣に完全に切られないモノを作って見せるぜ！」

「その意気ですよゴルドフさん！」

「防ぎきるじゃないんだ」

「しっ、駄目ですよメグリさん」

ようやくゴルドフさんの機嫌が直った事で、僕達はシャラーザさんの依頼の話に戻る。

「あー、どこまで話したか……」

「滞在費はそちら持ちって話だったわね」

おお、流石リリエラさん。ちゃんと覚えていてくれたんだ。

実際、一ヶ月分の滞在費は全部持ってくれるのはありがたいよね。

「うむ、その辺りは必要経費というやつらしいからな。こちらで提供しよう。と言っても、空き家と食事を提供するくらいだがな。薬草や薬が必要なら可能な限り提供する」

うん、薬草類やポーションを提供してもらえるのは助かるね。

それにエルフの薬ってよく効くから評判が良いんだよね。

「それで肝心の報酬は？」

依頼内容と期間についての確認が終わった所で、メグリさんが待ってましたとばかりに報酬について確認する。うーん輝いているなぁ。

「うむ、報酬なのだが、我等は外の国と殆どかかわりを持たぬ為、人間の貨幣と言うものを殆ど持ち合わせていない。それゆえ、現物支給になる事を承知して欲しい」

「現物支給ですか？」

それってつまり野菜とか肉とか、そういう現物支給？

「ゴルドフ」

「うむ」

シャラーザさんがゴルドフさんに呼びかけると、ゴルドフさんは工房の隅に置かれていた大きな布袋を持ってくる。

そして袋の口をほどくと、中から薄紫色に輝く巨大な金属の塊が出てきたんだ。

あれ？　これって……？

「こ、これってもしかして!?」

「この輝き！　間違いない!!」

その輝きを見た瞬間、ミナさんとメグリさんが驚きの声を上げる。

「うむ、これが我々からの報酬、ミスリル塊だ」

「「「ミスリルーッ!?」」」

巨大なミスリルを前に、皆が驚きの声を上げる。

そう、それは貴重な金属であるミスリルだったんだ。

それも原石じゃなく精製されたミスリルだ。

「や、やっぱりミスリルなのね！」

「お宝っ！　お宝っ!!」

　ああ、興奮のあまりメグリさんがお宝しか言えなくなっちゃってるよ。

「そうだ。これは我らが郷の秘蔵の品。ミスリル塊だ」

「ミスリル……初めて見ました」

「伝説の金属じゃないの」

「おお！　ミスリルなら俺も知ってるぜ！　よく一流冒険者が持ってるやつだよな！」

　ミスリルと聞いて、ジャイロ君達も目を丸くしている。

「それは物語の中の冒険者でしょ。実際にはAランク冒険者だってミスリル製の武器を持ってる人間はそうはいないわよ」

「え？　マジで？」

「貴重な上に加工が難しい金属だもの。扱える鍛冶師も少ないのよ。遺跡でミスリル製の武具を見つける方が可能性が高いって言われているわ」

　うーん、流石にそれは言い過ぎじゃないかな？

　そりゃあミスリルは鉄よりは貴重だけど、素材の貴重さとしてはドラゴン素材とそこまで大差はない。

　あっ、でも採掘したら減る鉱物だから、数の増える生きた素材であるドラゴンよりは貴重かもしれないね。

「それにしても質のいいミスリルだなぁ」

ミスリル塊を見ながら僕はその純度に驚く。

ミスリルそのものの価値はともかく、精製技術は結構なものだ。

「分かりますか師匠。これは俺達ドワーフ族の長の秘蔵の品です」

「ドワーフ族の!?」

ゴルドフさんの言葉に僕は納得がいく。

成る程、そりゃあ質が良いわけだよ。ドワーフと言えば別名鉱石マニアだからね。

ドワーフの長なら質の良いミスリル塊を持っていてもおかしくはない。それもここまで大きい精製済みのミスリル塊ならなおさらね。

「依頼を受けてくれるならこれを提供しよう」

「「「おおーっ!!」」」

ミスリル塊が報酬と言われ、ジャイロ君達が歓声を上げる。

「ゴルドフに頼んで武器でも防具でも作ってもらうといい。依頼を延長する場合はこれと同じものは無理だが可能な限り価値のある品を追加報酬として提供させてもらう」

「とはいえ、師匠には俺の手など不要でしょうから、工房を自由に使ってくださって構いません」

「依頼料の前払いとして精製済みのミスリル塊……って報酬としてはどうなんですかリリエラさん?」

こういう形式の依頼を受けた事のない僕は、どうするのが適切なのかとリリエラさんに意見を聞いてみる。

そしたらリリエラさんは苦虫を噛み潰したような顔で答える。

「どうって……ミスリルの前払いなんて聞いた事無いわよ。普通なら依頼主を説教するレベルよ。マジで」

あっ、リリエラさんの目が故郷のトラウマモードになってる!?

こ、これはマズイかも……!?

そういえばリリエラさんの故郷の人達は偽冒険者によって報酬を騙《だま》し取られたんだった。

だから自分から報酬を騙し取られかねないこんな行為は許せないんだろうな。

「前払いにするのは私を追ってきた魔物を倒してくれた礼も含まれている。貴殿らのお陰で無関係な者を巻き込まずに済んだ。それに貴殿らの実力は既に分かった。Sランク冒険者の力を前もって知ることが出来、更にはゴルドフが認めた男だ。ならば前払いで支払う事に不安はない。この男は見た目通りの偏屈だが、戦士を見る目はある」

「偏屈は余計だ！　頑固者という意味ではお前も大概だろ！」

と、褒められたのかけなされたのか微妙な評価にゴルドフさんが抗議の声を上げるんだけど、どうもその表情を見るにまんざらでもないっぽい。

「さらに追加報酬として、エルフからそのミスリル塊に等しい価値のある宝を提供しよう」

「え!?　追加報酬!?」

「っ!?　おいおい、本気か？　そんな勝手をしたら長老共に大目玉をくらうぞ」

シャラーザさんからのまさかの申し出に、ゴルドフさんも驚きの声を上げる。

どうやら完全に予定外の発言だったみたいだ。

「これはレクス殿の剣を折った詫びだ。私の個人的な蓄えから出す故、心配は要らん」

そんな事気にしなくていいのにと言おうとした僕を、シャラーザさんの手が遮る。

「これは私の矜持《きようじ》の問題だ。是が非でも受け取ってもらう」

ちらりとゴルドフさんの方を見ると、ゴルドフさんは肩をすくめて何を言っても無駄だとため息を吐く。

うーん、これは断れそうにない雰囲気。

「どうだ？　受けてくれるか？」

依頼内容の説明と報酬について語り終えたシャラーザさんが真剣な目で僕達を見つめてくる。

「うぐっ」

そこまで僕達の事を認めての提案と分かると、リリエラさんも何とも言えない顔で返事に窮している。

さて、どうしたものかな。

依頼内容はよくある人里の防衛依頼だ。護衛対象が町や村じゃなくて霊樹だけどね。

そして期間は最長でも一ヶ月。

完全ではなくてもある程度の数魔物を討伐すれば依頼成功と考えると、この期間は妥当なのかもしれない。

そしてエルフの寿命ではなく人間の寿命で期間を考えてくれている所も好印象だ。

報酬も前払いで用意してくれている点もこちらに対する敬意を感じる。

何よりこれは個人的な理由だけど、エルフの長い寿命なら古代魔法文明が滅びた詳細な情報が手に入るかもしれない。

どうも古代文明が滅びた理由は複数あるっぽいんだよね。

だから貴重な昔の事を実際に体験してきたエルフ達と仲良くなって置くのは、悪い事じゃないと思うんだ。

それにこれだけのミスリル塊を所有するドワーフ達なら、他にも有益な素材を持っているだろうし、交渉次第ではそれが手に入るかもしれない。

ミスリル塊だけでも今までより格段に良い物が作れるけれど、新しい剣を作るならもっと材料が欲しいからね。

出来るなら今手に入る一番良い材料で作りたいからね！

「……分かりました。その依頼お受けします」

「いいの!?」

リリエラさんが大丈夫なのかと確認をしてくる。

「大丈夫だと思います。この人は実際に僕達の力を見て、ゴルドフさんからお墨付きを貰った僕達を信じてくれたんです。だったら、僕達もこの人を信じればどちらも不幸な事にはならないでしょう？」

「……それは」

「ではシャラーザさんに依頼を受けるうえで一つ条件を提示します」

「条件？」

「はい、改めて冒険者ギルドに指名依頼を出してください。Sランク冒険者レクスとその仲間達に指名依頼を。これなら冒険者ギルドを介した依頼になりますからリリエラさんも納得出来ますよね？」

「ふむ、それが貴殿からの条件なら問題ない」

「とのことです」

「……はぁ、降参。そこまでやるなら私が反対する理由もないわ」

「ふむ、人間の社会とは厄介なものなのだな」

リリエラさんが納得する姿を見て、シャラーザさんが人間社会の仕組みに首を傾《かし》げる。

まぁ僕も今世じゃ田舎の村で暮らしていたから、その気持ちは分からなくもないけどね。

「……ホントよく騙されずにこの町まで来れたわね、この人」

「郷の連中は外を知らんからな。外を知っている者の話を聞こうと近場の町の冒険者ギルドを無視してまっすぐ俺のところに来た事が功を奏したんだろう」

とミナさんが呆れていると、ゴルドフさんがどうやってシャラーザさんがこの町まで来たのかを説明してくれた。

成る程、つまり世間知らずだったのが良い結果に結びついたって事なのかな？

「でもそれなら急いでシャラーザさんの郷に行った方がいいですね」

「うむ、とはいえ我らの郷は遠い。この町からでは馬車を使っても数ヶ月はかかる」

「「「「数ヶ月!?」」」」

うわっ、それは遠いなぁ。

「俺達の故郷は険しい場所にあってな。馬車で行けるのは途中までなんだ。だからそこから先の徒歩での移動が長いんだよ」

「成る程。となると空を飛んでいった方がいいですね」

「空!?」

空路で行くと聞いて、シャラーザさんが驚きの声を上げる。

あれ？　エルフなら精霊魔法で空を飛べる筈だけど？

「ええ、飛行船を用意出来ますから。それで行きましょう」

「ひ、飛行船!?」

そう、東国で改造した元海賊船を使えばエルフの郷までひとっ飛びだ。

「お、おいゴルドフ、本当なのか!?」

何故か困惑した様子のシャラーザさんがゴルドフさんに声をかける。

「あー……俺は見た事がないが、師匠なら持っていてもおかしくないな」

「なっ!?」

そういえば東国から戻って来たばかりだから、ゴルドフさんには見せてないもんね。

あとで見てもらおう。元海賊船だけあって作りは悪いしボロボロだから、ドワーフとして改善点があるか聞いてみたい。

「じゃあ目的地へは飛行船で行こうか皆」

「さんせー!」

早くシャラーザさんを安心させようと飛行船での移動を提案した僕だったんだけど、それをシャラーザさんが止める。

「ま、待ってくれ！　霊樹のある我らの郷の場所を外部の者に知られたくない。だからあまり目立つ手段で移動するのはよしてくれ！」

「目立つ手段は駄目……ですか」

そっか、エルフ族が秘密にするくらいのものだもんね。種族のしきたりで他種族に知られたくないと思うのも仕方ないのかもしれない。

「じゃあ馬に偽装したゴーレムに馬車を引かせましょう。それなら昼夜関係なく走るのであまり目立たないですよ」

「ゴ、ゴーレムに馬車……？　え、ええと……そうだな。目立たないのなら問題ないと思うぞ？」

「では馬車を用意しますので、明日出発しましょう」

それじゃあ今夜は町の宿に泊まって、明日乗る馬車とゴーレムを作るとしようか！

◆

翌朝、僕達はシャラーザさんと町の外で合流する。

「おはようございます、シャラーザさん！」

「おはよう。それで馬車はどこなんだ？　どこにも見当たらないようだが？」

挨拶を返してくれたシャラーザさんが、馬車はどこだと周囲をきょろきょろと見回す。

「馬車はこれから出します」

「出す？」

僕は魔法の袋からゴーレムと馬車を取り出し、シャラーザさんの前に置く。

「これがゴーレム馬車です」

取り出したのは見た目は本物の馬にそっくりなゴーレム馬と、これまたごく普通の作りの馬車だった。

「これがゴーレム馬車!?　普通の馬車にしか見えないが……？」

「ちゃんとゴーレムですよ。ほら」

　困惑するシャラーザさんの前で、ゴーレム馬の首を外してみせる。

「おお!?」

　驚きの声を上げたシャラーザさんがゴーレム馬の首の中を覗き込む。

「驚いた。本当にゴーレムなのだな。確かにこれなら誰にも不審に思われない……か？」

「では皆さん乗ってください」

「あっ、そうだシャラーザさん。目的地の方角を教えてもらえますか？」

　シャラーザさんが馬車に乗る前に、僕は目的地の方角を確認する。

「ああ、目的地は向こうに見えるあの山の方だ」

　シャラーザさんが指さしたのは、北の方角にある白い雪を被った山脈だった。

「分かりました」

「モグモグキュウ！」

　シャラーザさんが馬車に乗り込むと、モフモフが何かの肉を齧《かじ》りながら御者席に飛び乗る。

　さっきから姿が見えないと思っていたら、近くで肉を狩っていたのか。

　うーん、外に一人で寂しくないのかな？

　でもまぁ、モフモフも動物だし狭い馬車の中より外の空気を吸える方がいいかな。

馬車に乗り込んだ僕は、御者席に設置された窓をあけてゴーレム馬に指示を出す。

「あの山に向かって走って」

『ヒヒーン!!』

僕の命令を聞いたゴーレム馬が元気よく声を上げる。

そしてゴーレム馬が鳴き声を上げてから暫くしたころ、シャラーザさんが戸惑い気味に声をかけてきた。

「……いつ動くのだ?」

「もう動いていますよ」

「何!?」

既に馬車が動いていると聞いて、シャラーザさんが驚きの声を上げる。

そして窓から外を覗いて景色が動いている事を確認する。

「なっ!? 本当に動いている!? なのに何故揺れないんだ!?」

「馬車に振動を緩衝する術式を仕込んでいるんです。普通の馬車だと時間がかかりますからね」

「術式!? ゴーレム馬だけでなく、この馬車もマジックアイテムなのか!?」

「はい、そうですよ」

とはいえ、一晩で一から作るにはちょっと時間が足りなかったから、あんまり性能は良くないいんだけどね。

「成る程、これも貴殿が冒険で得た品と言う事か。このようなものまで所有しているとは、Sランク冒険者は底知れないな……」

んん？　いや冒険で得たモノってわけじゃないんだけど……まぁエルダープラントの素材とかを使っているから、ある意味冒険で得た品になるのかな？

「それにしても速いな。というかゴーレムを操らなくていいのか？　御者は必要ないのか？」

「ああそれなら大丈夫ですよ。出発前にゴーレム馬には目的地の方角を教えましたから。あとは僕達が何か命じなくても目的地に向かって障害物を避けて走ってくれます。なので途中で方向の微調整をするだけで大丈夫ですよ」

「揺れないだけでなく、勝手に走ってくれるのか!?　そんな貴重なマジックアイテムを使ってくれたのか!?」

「ええ、シャラーザさんも故郷の人達が心配でしょうから早くたどり着けるようにと」

「なんと!?」

本当なら飛行船で行くのが一番早いんだけど、郷の位置を悪い人に知られたくないとなると、これが次善の策かなって。

「……重ねて感謝する」

深々と頭を下げながら、シャラーザさんは感謝の言葉を僕達に告げてきた。

こうして僕達はシャラーザさんの暮らすエルフの郷へと向かう事になったんだ。

◆とある冒険者達◆

俺達は旅の冒険者。

今は依頼を終えて町に向かっている最中だ。

とはいえ、町までは結構距離がある上に採取した荷物があるから足が重い。

こんな時馬車でも通りがかってくれれば、護衛の代わりに町まで乗せて行ってもらえるんだがな。

と思ったらちょうど都合良く馬車が後ろからやって来た。

コイツはラッキー、事情を話して乗せてもらおう。

そう思った俺達だったが、どうにも馬車の様子がおかしい。

「おい、なんかあの馬車速くないか？」

「ああ流石に速すぎる。何かあったのか？」

もしかしたら魔物か盗賊に追われているのかもしれない。

だとしたら恩を売るチャンスだ！

「おーい！」

俺達は手を振って御者に声をかけようとした……んだが。

「おい見ろ！　御者がいないぞ！」

仲間の切羽詰まった声に御者台を見ると、確かにそこにはいる筈の御者の姿が無かった。

「マジかよ！」

既に襲われた後って訳か!?

「うぉっ!?」

馬車はあっという間に俺達を追い越すと、そのまま真っすぐ走っていく。

「マズイ!?　馬が道を外れてるぞ!?」

「いかん、このままだと川に突っ込むぞ!!」

ヤバイ!!　このまま馬車が突っ込んだら中にいる人間が溺れ死んじまう!!

しかもこの辺りの川は水深が深くて流れも速いから、助けに川に入るのも危険だ!!

「くっ！　間に合ってくれよ！」

俺達は馬車を追うが、人間の足で馬に追いつくなんて到底無理だ。

「だからって見捨てる訳にもいかんよな！」

けれど現実は非情で、遂に馬車は川の目前までたどり着いてしまった。

そしてそのまま馬車は川に落ち……

『ヒヒーン!!』

落ちずにそのまま川の上を走っていた。

「「……は？」」

自分でも何を言っているのか分からないが、しかし間違いなく馬車は川の上を走っていた。

そして訳も分からないまま走っていた俺達は、救うべき者のいない川岸にたどり着く。

おかしいな、この辺りの川は水深が深くて流れも速い筈なんだが……

それともたまたま浅い所に降りたのか？

そんな事を思いながら川を見ると、その水の色は緑色をしていて間違いなく馬車が沈むには十分な深さだと俺達に教えていた。

「「……え？　え??」」

困惑する俺達の耳に、馬の嘶《いなな》きだけが響いていた。

その後、幾つもの町や村で、川の上を走る馬車や森の木々の上を疾走する馬車といった冗談みたいな怪談を聞く事になるのだった。

……俺達は、一体何を見たんだろう？

第206話　魔獣蠢く森

　トーガイの町を出発した僕達は、馬車を止めることなくシャラーザさんの暮らす異種族の郷へと向かっていた。

「馬車の中に部屋がある……」

　馬車の後部側に設置したドアを開けると、その先は馬車の外ではなく、建物の中へとつながっていた。

　実はこの馬車、空間魔法で中を見た目以上に広くしておいたから、内部はちょっとした宿泊施設状態なんだよね。

「お風呂やリビングとか、これって本当に馬車なのかしら?」

「もう移動する高級宿」

　メグリさんの言う通り、こうした建築物を内部空間に納めた馬車をキャンピングホースカーって言うんだ。

　飛行船や転移門での移動じゃ味気ないと言う人用の趣味のアイテムなんだけど、冒険者や軍人にとっては意外にも良い品だったんだよね。

転移門のない土地や転移魔法が使えなかったり飛行船を飛ばす事の出来ない環境では、逆に安定して地上を進める移動施設が役に立ったんだよ。

「おー！　こりゃいいじゃん！　俺角部屋もーらい！」

さっそくジャイロ君が部屋を物色して自分のものにしている。

「あっ、ジャイロズルい！　私も！」

すると皆も良い部屋を逃してたまるかと自分の部屋を見繕い始める。

「皆そんなに慌てなくても大丈夫だよ。とりあえず１００部屋くらい作っておいたから」

「「「「多すぎぃ！」」」」

いやー、こういうのって、途中で困ってる人を助けたりして意外と部屋が必要になったりするんだよね。

ともあれ、あらかじめ準備をしておいたおかげで僕達は野宿をする必要もなくゆっくり休みながら進むことが出来たんだ。

ゴーレムだから馬を休ませる必要もないしね。

◆

「そういえばせっかくの里帰りなのにゴルドフさんはついてこなくて良かったのかな？」

御者台側の窓を開けてモフモフが落っこちていないかを確認しながら、僕はゴルドフさんも連れてくれれば良かったかなと考えていた。

「いや、今の森はドワーフの足で踏破するのは無理だ。奴も万が一の事を考え、我々の足手まといにならないよう残る事を選んだのだろう」

「踏破するのは無理？」

どういう意味だろう？　確かにドワーフは足が速いわけじゃないけど、その強靱な肉体は森を歩くのに何ら問題は無い筈。

「今の森は奴が出奔した時以上に魔物で満ち溢れている。あの魔物共から逃げ切れるだけの足と隠密技能がなければ森の出入りは叶わぬ程にな」

「そんなに魔物が沢山いるんですか!?」

そもそもそこまで気を遣わないと行けない程沢山の魔物がいるって、一体森に何が起こっているんだろう？

「もしかしてその森って狭いのか？」

そんな可能性を考えたジャイロ君がズバリストレートな質問をシャラーザさんにぶつける。

「いや逆だ。寧ろ森はかなり広い。人族の国が余裕で入る程にな」

僕達人族の国が余裕で入る程の森か。となるとそこそこ大きな森なんだろうな。

前世でもエルフ達が暮らす大きな森は結構な数があった。

大きな森を見つけたら、エルフがいないか確認してから狩りをしろって言われていたくらいにね。

「この進路で人族の国がまるごと入る程大きな森？　……それってもしかして人食いの森の事!?」

シャラーザさんの説明を聞いて、リリエラさんが驚きの声を上げる。

「ふむ、人族からはそのように呼ばれているのだな」

「人食いの森？　何ですかそれ？」

前世の記憶じゃ聞き覚えのない名前だけど、僕が死んでから新しく出来た土地なのかな？

「人食いの森は別名霧の森とも呼ばれていて、冒険者ギルドからは準危険領域に指定されている森の事よ」

準危険領域、そんな場所があったんだ!?

「いつも深い霧が立ち込めている事で有名で、森に入った人間は必ず迷ってあっと言う間に追い出されるように森から出てしまうんですって」

「へぇー、だから霧の森なんですね。でも人食いの森っていうのは？」

何だろう、入った人の方向感覚を狂わせる何かがあるのかな？

「なんでも森の中をさ迷っていた冒険者が、信じられない程大きな魔物の影を見たらしいわ。現に森に入った冒険者達の中には帰ってこなかった人達もいたとか」

霧の中の巨大な魔物か。こんな時に不謹慎だけどなんだかワクワクしちゃうな。

大剣士ライガードの冒険の不可知の魔物の洞窟の話を思い出すね。

あの話はライガード達がとある迷宮の下層に到達する事に成功したんだけど、突如崩れた大穴から謎の巨大洞窟に落ちちゃうんだ。

そして地上を目指して洞窟をさ迷い歩くんだけど、そこで恐ろしく巨大な魔物に遭遇する事になる。

松明《たいまつ》や明かりでも照らしきれない程の巨体から受ける迫力は凄まじく、ライガード達は魔物に見つからないように明かりを最小限にして神経をすり減らしながら巨大洞窟をさ迷い、ようやく迷宮に戻る事に成功したんだ。

そして準備を調えてもう一度あの洞窟に向かおうとしたライガード達だったんだけど、ダンジョンに空いた大穴はきれいさっぱり消えていて、二度と巨大洞窟に行くことは出来なかったんだそうだ。

その事からこの話は作り話なんじゃないかと言われているんだけど、ライガードの冒険の中でも一二を争う不思議な話だから、ファンは多いんだよね。

……おっと話が逸れちゃった。

「でも準危険領域ってどういう事なんです？　そこまで危険な魔物が多いのなら、普通に危険領域に指定されてもいいと思うんですけど」

「何度入っても追い出される事と、他の危険領域みたいに周囲全てが敵に囲まれて常に襲われ続けたり、そもそも毒で満たされていて入る事も困難な危険領域に比べれば生きて帰れる可能性がそこそこ高いから準危険領域指定みたいよ」

成る程、確かに霧が深ければ魔物からも人間を見つけづらいもんね。

「でもよ、入る事が禁止されてないのなら、冒険者が一獲千金を狙って沢山やって来るんじゃねぇの？　そのデケェ魔物を倒して名を上げようって奴らもいたんだろ？」

ジャイロ君の言いたい事ももっともだ。

冒険者の中には、強い魔物を倒して名を上げる事を目的としている人達もいるからね。

「霧の所為で素材が凄く探しにくいらしいわ。冒険者の仕事って、魔物を倒すだけじゃなく貴重な素材の収穫や採掘も重要な収入でしょ？　霧の所為で魔物から不意打ちされる危険も高いし、危険の割に実入りが少ないから敬遠されているのよ」

成る程、冒険者も危険を冒してまで森に入るメリットを感じないから、危険領域認定するまでもなく人が入らないって訳か。

戦って名を上げたい人達も、強いか分からない上にいつ会えるか不明な魔物よりは、普通に稼げて分かりやすく名を上げやすい有名な魔物を探した方が話が早いだろうしね。

「うむ、その人食いの森こそ我等の森に間違いない。そもそも森を包む霧とは、我等の祖先が行った大儀式の影響だからな」

「「「「「大儀式!?」」」」」

人食いの森を包む霧の正体が、エルフの行った儀式だと知って思わず僕達は声を上げてしまった。

「そうだ。かつて我等の郷が大いなる災厄に見舞われた時、最も古きエルフの長達が自らの命と引き換えに大精霊達を相手に儀式を行ったのだ」

膨大な魔力を持つエルフの長老達が命懸けで行った大儀式!?

前世で出会った古きエルフの凄まじい魔力量を知っている僕には、そんな長老レベルのエルフが複数人で、しかも命を懸ける程の危険を冒さなければ使えない魔法の想像がつかない。

一体どれだけ凄まじい規模の精霊魔法だったんだろう!

「それはどんな儀式だったんですか?」

聞いた後で普通そんな凄い儀式の詳細を教えてくれるわけないよねって気付いたんだけど、意外にもシャラーザさんはあっさりと教えてくれた。

「うむ、その名は迷いの大呪法」

「……迷いの大呪法!?」

えっ!?　エルフの長老達が命を懸けた魔法の効果が相手を迷わせるだけ!?

「はっはっはっ、その気持ちは分かるぞ。我々も初めてこの話を聞いた時は驚いたからな。だがな、それこそが我等の先祖の求めた魔法だったのだ」

そうしてシャラーザさんは何でご先祖様達が相手を迷わせるだけの魔法に命を懸けたのかを教えてくれた。

「なんでも我らが今の郷に移り住んだのは、とある恐ろしい存在から逃げ延びる為だったのだそうだ。その魔物は凄まじい強さで世界中を荒らしまわり、あらゆるものを喰らい、逃げど隠れどどこまでも追いかけ見つけ出す恐ろしい追跡能力を持っていたのだという」

エルフ達が、ううん、異種族が逃げ出して隠れ住むほどの魔物だって!?

一体どんな恐ろしい魔物なんだ!?　まるであの地下遺跡で見つけた白き災厄の記述のようだ……

「我等の先祖は恐ろしき魔物を倒す事は不可能と諦め、見つからない事に全てを賭けようとした。それこそが迷いの大呪法。この呪法は郷の周囲を包む霧の形となって発現した。あらゆるものの目を欺き、匂いを消し、音をかき消す。この大呪法によって恐ろしき魔物は我等を見失い、遂に我等は平穏を取り戻したのだ」

「「「「「おー」」」」」

誇らしげに大呪法の成し遂げた偉業を語り終えたシャラーザさんに、僕達は拍手を送る。

「あれ？　でもそれなら何で魔物が貴方達の郷を狙っている事が分かったの？」

と、話に違和感を感じたらしいメグリさんが疑問を呈する。

「うむ、それについては我々も気付くのが遅れたのだ。迷いの大呪法のお陰で我等は平穏を得る事が出来たが、それでも魔物が一匹もやってこないわけではない。迷わせるだけである以上、偶然入ってきてしまう事はあるからだ」

確かにね。侵入させない為の結界じゃないなら、迷った末に偶然入り込んでしまう事はあり得る。

「ある日我等の郷に巨大な魔物が現れた。我々は郷へ侵入しようとする魔物を必死で撃退した。何しろ大呪法のお陰で長らく平和だった村が襲われるなど、夢にも思っていなかったのでな」

そういうところは平和が長く続き過ぎた弊害なのかもね。

「その後も魔物達による散発的な襲撃が発生した事で、我等は森で何かが起きていると判断し調査をする事にした。だがその時にはもはや手遅れの状況となっていたのだがな」

そうして森を調べたシャラーザさん達は、森が魔物で溢れていることに気付いたわけなんだね。

「そして魔物は迎撃に出る戦士達よりも、霊樹に実った実を優先して目指していることが戦いの中で判明したのだ」

人間よりも霊樹の実を優先するのか。確かに普通の魔物とは反応が違うね。

魔物は普通人を見ると襲ってくるものなのに。

「ヒヒーン!!」

と、そこでゴーレム馬が鳴き声を上げて何かを知らせてきた。

「どうしたんだろう?」

のぞき窓から外を見ると、ちょうど目の前に大きな森が広がっているのが見える。

そして僕はそここそが、僕達の目的地なのだと気付いた。

だってその森の中は、深い霧に覆われていたからだ。

「シャラーザさん、ちょうど到着したみたいですよ」

「到着？　どこかの町に着いたのか？」

皆を促して僕達は馬車を降りる。

「なっ!?」

「「「「おおーっ!!」」」」

人食いの森の大きさに、皆が思わず驚きの声を上げている。

「うわーっ、でっけぇー木！」

ジャイロ君の言う通り、人食いの森の木はとても大きかった。

実際、森の外周の樹がここまで育つほど手つかずなのは珍しいことだ。

多分迷いの大呪法と霧の中をさ迷う魔物を警戒して近隣の住人が近づかないからなんだろうね。

「それに凄い霧ね」

これもミナさんの言う通りだ。

森の中は濃い霧で全然奥が見えない。

確かにこれは霧の森と呼ぶに相応《ふさわ》しい光景だね。

「し、信じられん。あれからまだ数日だぞ……どんなペースで走ったら森までたどり着くんだ……」

いやー、ゴーレムに夜通し直線ルートで走らせただけですよ。

「ここからはシャラーザさんに案内をお願いしたいんですが」

何しろ迷いの大呪法がかけられた森だ。

ゴーレム馬に真っすぐ走れって命じても、気が付いたらぐるぐる同じところを回っている可能性がある。

「あ、ああ。分かった。私について来てくれ」

僕はゴーレム馬を収納すると、皆と一緒にシャラーザさんの後をついて行く。

そして森の中に入った瞬間、世界が真っ白になった。

「うわっ、中に入るとマジで前が見えねぇな」

驚いているのはジャイロ君だけじゃない。

手を前にかざすと自分の腕が霞むくらい霧は濃かったんだ。

「決して私の傍から離れるな。霧に惑わされるぞ」

「「「「はい！」」」」

僕達は集中してシャラーザさんを見失わないようについて行く。

「皆大丈夫？」

「ええ、私は大丈夫よ」

「俺も大丈夫だぜ！」

「私も何とか」

「今のところ大丈夫」

「ぼ、僕も何とか……！」

「キュウ！」

僕の頭の上に乗ったモフモフが自分も大丈夫と声を上げる。

「む？　今何か聞こえたような……周囲を警戒しながらついてこい！」

「分かりました！」

凄いな、これだけ深い霧の中でよく周囲の反応を敏感に察する事が出来るね。

僕も探査魔法を発動させて皆の位置を確認しつつ魔物が近づいてこないか捜索しているけど、近くにいる魔物の気配は何とか感じる事が出来るものの、シャラーザさんのように敏感に離れた位置の魔物の気配を察知することまでは出来そうもないよ。

「今日は運が良いな。魔物の気配が少ない。これなら魔物との遭遇は最小限で郷へたどり着けるかもしれん」

どうやら僕達は運が良かったみたいだ。そしてそれはこの霧のお陰でもあるんだろうね。

「ねぇ、迷いの大呪法は森の中に入った人や魔物を迷わせるんでしょ？　私達は大丈夫なの？」

と、ミナさんが森を無事に抜けられるのかとシャラーザさんに質問する。

「それなら心配ない。大呪法は精霊と契約した長老達の子孫である我々エルフには効果がないのだ。大呪法はあくまで侵入者を迷わせるものだからな。郷で生まれたものを迷わせることもない」

へー、便利な魔法だなぁ。さすが精霊魔法。

「もっとも、ゴルドフのように郷を捨てて外で暮らす事を選んだ者は迷いやすくなるらしいがな」

成る程、外の世界を自分の世界と定めた人達には、大呪法の加護がなくなっちゃうんだね。

とそこで僕は探査魔法に魔物が近づいてくる反応がある事に気付く。

「あっ、シャラーザさん、あっちから魔物が近づいて来ます」

「何!? よしそこの木陰に隠れるぞ！」

「はい！」

僕達はすぐさま近くの木陰に隠れる。

するとそう間を置かずに巨大な魔物が通り過ぎていった。

霧の所為で正確な姿は見えなかったけど、かろうじて見えた足の形からトーガイの町を襲った魔物に似ているかも。

「よし、うまくやり過ごせたな。今のうちに行くぞ」

僕達は細心の注意を払いながら魔物を回避して森の奥に進んでいく。

うーん、こんな風に敵から隠れて目的地に向かうなんて、前世で敵の本陣を叩く任務を命じられた時以来だなぁ。

隠れるのは面倒だけど、余計な争いをしないでいいのは楽だね。

幸い今日は魔物の数が少ないみたいだし、遠くの魔物はシャラーザさんが担当し、僕は精度の低い探査魔法で近づいてくる魔物を察知するという役割が出来ていた。

夜は結界魔法を重ねがけして、最大限魔物に見つからないようにしてから交代で休みを取る。

そうして僕達は何日も森の中を歩き続けた。

「今回は本当に魔物と遭遇しないな。それにレクス殿の探査魔法の精度も良い。魔物と遭遇する前に避難が出来るのは素晴らしい」

「いえ、シャラーザさんの案内のお陰ですよ」

何しろこの人食いの森は人間の国がすっぽり入る程の大きさだ。そんな巨大な森の魔物の流れを察知して、安全なルートを選んでくれているからこそ、僕はシャラーザさんがフォロー出来ないはぐれ魔物を回避する事に専念出来るんだから。

「このペースなら今日あたり郷にたどり着けるかもしれんな」

予想外に良いペースで進んでいるらしく、シャラーザさんが上機嫌で教えてくれる。

そうして森の中を隠れながら進み続けて数分。

それは起きた。

「何だ？　音が聞こえるな」

音は僕達が進む先から聞こえてくる。

シャラーザさんが耳を澄ませて音の正体を探っていると、突如目を見開いて焦った様子になった。

「いかん！　同胞が魔物と戦っている！」

「ええ!?」

どうやらシャラーザさんの仲間が魔物と戦っている音だったみたいだ。

「急ぐぞ！　郷は近い！」

「分かりました！」

焦ったシャラーザさんが足早に進む。けれど案内役としての役割は忘れていないようで、焦りを見せながらも僕達がちゃんとついてきているか確認してくれているみたいだった。

そうして少し進むと、突然視界が開けたんだ。

「あれっ!?　霧が!?」

突然霧が晴れた事に驚いた僕達だったけど、それ以上に目の前の光景に驚いていた。

何しろ僕達がやって来た場所は、魔物の真後ろだったからなんだ。

「って近ぇな！」

「皆離れて！」

すぐさま僕達は魔物から距離を取って状況を確認する。

そうして周囲の状況を確認すると、まず巨大な魔物の全貌が確認出来た。

やっぱり見た目はトーガイの町を襲った魔物によく似ている。

けれど数が段違いだ。

ここに集まっている魔物は五十体はいるんじゃないかな？

魔物はその先にある砦《とりで》と思《おぼ》しき防壁に攻撃を仕掛けているみたいで、防壁の上に立つエルフやドワーフ達が迎撃を行っていた。

ただその迎撃はあまり効いているようには見えない。

どうしたんだろう？　エルフなら精霊魔法でもっと威力の高い魔法が使える筈なんだけど。

それにドワーフ達の武器もいまいち効き目が悪いみたいだ。

「いかん！　あのままでは門を突破される！」

シャラーザさんの慌てた声に視線を移せば、今まさに破壊されようとしている砦の大扉の姿。

「援護します！」

うん、これはエルフ達の戦いを見学している場合じゃないね。

まずは敵を蹴散らしてからだ！

「おっしゃ！　俺達も行くぜ！」

「待ちなさい！　一人で突出しないの！　メグリ、ジャイロ君についてあげて！　ノルブ君は私達に防御魔法！　ミナは魔法で殺到してる魔物のど真ん中に派手なのを決めて！　一撃で倒せなくても良い。意識をこっちに向けるのよ！」

「分かったわ！」

飛び出したジャイロ君を窘《たしな》めながら、リリエラさんが指示を出していく。

「意外に指揮し慣れているんですね」

「Bランクに上がる前は森の外でランクの低いパーティと即席パーティをよく組んでたのよ！　そ

れで新人と組むとどうしても指導する側に回るから嫌でも覚えたの！」

成程、パーティを渡り歩いてきたからこそ、当たりのパーティもあれば外れのパーティにも出会ったと言う事だね。

うん、ジャイロ君達の方はリリエラさんに任せてよさそうだ。

「となると僕はあっちの門を狙う魔物の相手かな！」

「待て、あの魔物達は……っ!!」

「トライバーストインパクト！」

シャラーザさんが何か言おうとしていたんだけど、魔法の爆音でかき消される。

何か重要な話だったのかな？

などと考えている間に僕の放った魔法が魔物に命中する。

するとトーガイの町を襲った魔物と同じように、魔物の体があっさりと弾け飛んだ。

さらに残り二発の魔法が傍にいた魔物の体を砕き割る。

「なっ!?」

「やっぱり脆《もろ》いなぁ。それとも衝撃を与えるインパクト系の魔法と相性が良かったのかな？」

色々試してみたいところだけど、今は非常事態だ。まずは魔物の殲滅を優先しよう。

「オラオラー！　真っ二つにしてやるぜっ!!」

ジャイロ君の炎の魔法剣が魔物の体を甲殻ごと切り裂いていく。

そして彼の魔法の炎で焼かれた魔物が美味《おい》しそうな匂いをさせる。

「うーん、今日の晩御飯は何にしようかな」

おっといけない、戦いに集中しないと。

「トライバーストインパクト！　インパクト！　インパクト!!」

僕は砦に肉薄する魔物を優先的に狙っていくけれど、やはり衝撃系の魔法でどの魔物も面白いくらい簡単に割れていったんだ。

そしてそう時間も置かずに、僕達は魔物の迎撃に成功したんだ。

「ふぅ、良かった。主力の魔物が襲ってきたのかと思ったけど、意外に弱くて良かったよ」

多分この魔物達は斥候《せっこう》だったんだろうなぁ。

ともあれ、異種族の郷にやって来ての最初の出会いとしては悪くなかったんじゃないかな。

これなら僕達が援軍として連れてこられた冒険者だと言っても信じてもらえそうだ。

「何とか追い払う事が出来ましたね。相手が主力の魔物でなくて良かったですよ」

そう告げると、何故かシャラーザさんが何とも言えない表情になる。

「いや、そのだな……」

何だろう、随分と歯切れの悪い感じだ。

「そのな……今の魔物が我らの郷を襲っていた魔物の主力なのだ」

「え？」

あの魔物が屈強なエルフの戦士達を苦戦させた魔物の主力!?

い、一体どういう事なの!?

明らかに弱い魔物だったにも拘わらず、シャラーザさんにはこの魔物達が敵の主力だと告げられたので、僕はなんとも言えない奇妙な感覚に困惑してしまう。

けれど僕はすぐにその理由に気付いたんだ。

……そうそう、確か人食いの森は迷いの大呪法が意味をなさなくなるほど魔物が多くなっているって言っていたし、そう考えるとエルフの戦士達は魔物の間引きの為に全力を出さないといけないんだ。

シャラーザさんも言っていたからね。魔物に見つからず追いつかれずに逃げられる者じゃないと森を踏破する事は不可能だって。

きっと郷を守っているのはそういう技術を持たない若い見習い戦士達なんだろう。

「成る程、そういう事だったのか」

僕達人間にはエルフの年齢が分からないから、こういう時混乱しちゃうよね。

けれどそれは、熟練のエルフの戦士達が魔物の間引きに専念しないといけない程魔物の数が多いって事だ。

頼りになる先輩達がいない状況で、誰にも頼れずに必死で皆が帰ってくる場所を守らないといけなかったんだから、若い見習い戦士達はかなりの精神的重圧を感じていた事だろう。

なら僕達が協力しないとね！

「シャラーザさん、魔物の間引き、僕達も全力で手伝いますね！」

「う、うむ。頼りにしているぞ……」

こうして僕達は無事霊樹の郷にたどり着いたのだった。

第207話　災厄と霊樹

「助かりましたシャラーザ戦士長！」

「おかえりなさいませ戦士長！」

戦いが終わると、エルフの若い戦士達がシャラーザさんの下に集まってくる。というか……

「戦士長？」

「うむ、私がこの郷の戦士達を纏めている……未だ未熟な身だが……な。いや本当に」

とシャラーザさんは何故か若干遠い目をしながら答える。

成る程ね。実戦経験を積ませる為にあえて郷を若い戦士達に守らせる代わりに、精神的支柱である戦士長が控えていたんだね。

ただ今回は援軍を連れてくる為にシャラーザさんが郷を不在にしていたので、ピンチになっていたみたいだ。

そう考えると、トーガイの町でシャラーザさんの動きが良くなかったのも納得出来る。

部下が全員若い新兵と言う事は、実質戦士長一人で郷の安全を守って来た事になる。

そりゃあ肉体的にも精神的にも疲労が溜まるってもんだよ。

「それで、人族の戦士は見つかったんですよね！　さっきの凄まじい魔法はそうなんでしょう!?」

若いエルフの戦士達がキラキラした目でシャラーザさんに問いかける。

「うむ、ゴルドフに強い戦士の情報を求めに行った際にちょうど人族屈指の戦士であるSランク冒険者の協力を仰ぐことに成功したのだ！」

「「「「おおーっ!!」」」」

「そ、それでその戦士はどこに!?」

「うむ、この御仁がSランク冒険者レクス殿だ！」

と、シャラーザさんが僕に手をかざすと、エルフの戦士達の視線がこちらに集まる。

「あ、どうも。レクスと言います」

「「「「お、おおー……ぉぉ？」」」」

けれど僕を紹介されたエルフの戦士達の期待の声が小さく尻すぼみになって消えていった。

「え、ええと、あれ？　人族の戦士は？」

エルフの戦士達が視線をさ迷わせるものの、シャラーザさんのほかには僕達だけで、他には誰もいない。

「戦士長？　人族の子供しかいないんですが……？」

まぁ。確かに僕達は成人して間もないから、エルフ達長寿種族から見たら本当に子供にしか見えないのも仕方がないんだけどね。

「まぁお前達の気持ちは分からんでもない。だがあの魔物達を倒したのは正真正銘こちらのレクス殿だ」

「「「「え、ええーーーーっっっ!?」」」」

シャラーザさんの言葉に、エルフの戦士達が今度こそ驚きの声を上げた。

「え？　ホントに？　冗談ではなく？」

「この逼迫《ひっぱく》した状況で、そんな質《たち》の悪い冗談を言う訳が無かろう」

「い、いやまぁそうなんですが……」

「「「「はぁ……」」」」

ため息とも納得の声ともつかない声を上げて、肩を落とすエルフの戦士達。

ゴメンね、頼りがいのない見た目で。

「……黙って聞いてりゃ手前ぇ等！　いい加減に……」

「いい加減にせんかっっ!!」

「「「「ひぃっ!?」」」」

エルフの戦士達の態度に我慢出来なくなったジャイロ君が文句を言おうとした瞬間、シャラーザさんが吠えた。

「お前達にはこの光景が見えないのか！　この討伐された魔物の山が！」

「「「「っっ!?」」」」

そう言ってシャラーザさんが先ほどの戦闘で倒した魔物の山を指さすと、エルフの戦士達がビクリと震え固まる。

彼等にとってシャラーザさんは頼りになるリーダーであると同時に、恐ろしい教官でもあるんだろうね。

「ガリガリ、バキバキ」

「あの強固な殻で守られた巨体の群れを短時間で倒すなど、並大抵の技量では不可能だ！」

「モグモグ、ムシャムシャ」

シャラーザさんは若い戦士達ではあの魔物達を倒す事は困難だとはっきり告げる。

そしてその魔物達の甲殻を剝いで割り、中の肉にかぶりつくモフモフ。

「お前達にこんな真似が出来るのかっっっ!!」

「バリバリバリ、クチャクチャクチャ」

「「「「……」」」」

「いいか、確かに人族は我らより寿命も短く、若い戦士が未熟なことは事実だ。しかしレクス殿の実力は間違いない事実！　ならばこの現実を受け入れ、認めるのが戦士としての振る舞いであろう！　戦場で現実を即座に認識出来ぬ戦士は長生き出来んぞ！」

良い事言うなぁシャラーザさん。戦士にとってどんなに信じられない事態が発生したとしても、目の前で起きている現実から目を背けるわけにはいかないもんね。

この辺り、人族と長寿種族は時間の感覚が違うから、寿命の短い人族は種族換算して同年代になる相手だとしても自分より劣っていると考えがちなんだよね。

でも実際には長寿族は長い寿命の分修行や成長のペースがノンビリで、人族のような寿命の短い種族は寿命の短さを理解しているからこそ濃密な修行を行う事で種族的な能力の差を補うんだ。

シャラーザさんはこの場を借りてその事を若い戦士達に教えるつもりなんだろう。

油断しているとあっという間に追い抜かれてしまうぞと。

「ボリボリ、ジュルルルル」

それだけに、後ろでモフモフが魔物の肉を食い散らかして真剣な空気を台無しにしているのがちょっと申し訳ないかな。

「おい、聞いているのかお前達っ!!」

エルフの戦士達が余りにも静かというか気もそぞろだった事で、再びシャラーザさんの雷が落ちる。

「せ、戦士長……う、後ろ」

それに対し叱られたエルフの戦士達は、震える声で後ろのモフモフを指さした。

あー、やっぱモフモフの所為で気が散っちゃってたんだね。申し訳ないなぁ。

「後ろが何だと言うのだ！　というかさっきからうるさいぞっ!!」

シャラーザさんは一体何なんだと後ろを振り返り、魔物の山とそれを食べるモフモフを見る。

「……」

するとシャラーザさんが一瞬ビクリと震えたかと思ったら、急に動かなくなってしまった。

「純白の丸い体……」

ポツリと呟くエルフの戦士。

「それに邪悪な精神が形になったかのような捻じ曲がった角」

「奈落の底に繋がっているかのような心の読めない黒濁の目」

その言葉につられるかのように、呪文のような言葉を紡ぎ出すエルフの戦士達。

なんだろう、エルフ族特有の、戦いの後に行う儀式のようなものなのかな？

「世界をあざ笑っているかのような禍々しい笑み……」

「あの、どうしたんですかシャラーザさん？」

「……っ！　うわぁぁぁぁぁぁぁぁぁぁっっ!!」

僕が話しかけたら、突然シャラーザさんが大きな声を上げて叫びだしたんだ。

あ、あれ？　もしかして話しかけちゃダメだった？

「「「「ひぃぃぃぃぃぃぃぃぃっ!!」」」」

それだけではなく、エルフの戦士達も悲鳴を上げて騒ぎ始めたんだ。

「え!?　な、何!?　何なの!?」

「「「「し、しししし、シロ！　白っっっ!!　白……きさい……っ!?」」」」

突然恐慌状態になったエルフ達に皆も困惑している。

本当に一体どうしたんだろう。

彼等が見たのは魔物の肉を食べるモフモフくらいだと思うんだけど……

「あっ、もしかして！」

そこで僕はある可能性に思い至る。

「まさか、回収して利用するつもりだった魔物素材を勝手に食べられてたことにショックを受けたんじゃっ!?」

「え!?　そんな事で!?」

「それにしちゃ驚き過ぎじゃない？」

「いや、私には理解《わか》る」

「分かるんですね……」

僕の予測に皆が驚きの声を上げるけれど、実はそれが曲者なんだ。

「異種族間の価値観の違いというのはかなり面倒なんだ。僕達人族が「まさかそんな事を!?」と思うようなことでも異種族にとっては大問題になったりするんだ。この場合、彼等が戦った魔物の素材を何らかの用途で使う事がエルフにとって重要な意味を持つ可能性があるのかもしれない」

「でもまさかそんな……」

「いえ、聞いたことがあります。以前教会が異種族の方を式典に招待した際に、種族間の常識やしきたりが原因で騒動が起きたと」

それでもなお首を傾げていたミナさんに、ノルブさんが教会で起きた騒動の話をしてくれる。

うん、やっぱりその線が濃厚だね。

僕も異種族と交流するのが久しぶりだから忘れていたよ。

下手すると相手の種族全体を激怒させて殺し合いに発展しかねないからね。

となるとこの状況を納める最も有効な手段は……

「こらモフモフ！」

僕は即座に魔物を齧るモフモフの下へ向かうと、その体をひっ摑んで魔物から引き剝がす。

そう、こういう時はすぐに行為を止めさせて誠心誠意謝る事。

誠意を見せる事こそ重要だ。

そうすれば相手も異種族が自分達の種族の常識に疎いという事を理解して穏便に騒動を解決出来る可能性が高い。

最悪でも何らかの対価を提供すれば解決出来る筈だ。

「ギュウゥ!!」

食事を邪魔されたモフモフが怒りの唸り声を上げるけど、それはお前の物じゃないんだぞ！

「それはお前のものじゃないよ！」

そう、元々この魔物達はエルフの戦士達が戦っていた相手だ。

それを劣勢だから僕達が勝手に加勢して倒しただけであって、その素材を持っていく権利を主張出来るわけじゃない。

異種族、さらにその中の武闘派部族にとっては、たとえ殺される事になっても助太刀《すけだち》される事は死より恥ずべき恥辱と考える部族もいるからね。

「キュッ!? キュギャァ!?」

ショワワワワッ……

僕に叱られた事が理解出来たのか、モフモフが悲鳴のような鳴き声を上げたと思うとおしっこを漏らして震え始めた。

まったく、叱られただけで落ち込んでオシッコ漏らしちゃうんだから。

まだまだ子供だなぁ。

「すみませんシャラーザさん。ウチのモフモフが失礼しました」

「キュウ!」

「「「「っっっ!?」」」」

モフモフがフレンドリーに「よっ!」と前足を上げながら挨拶をすると、エルフ達がビクリと体を震わせる。

「ウ、ウチの……だと?」

「はい、コイツは僕のペットのモフモフと言います」

「「「「ぺ、ペット!?」」」」

すると何故かシャラーザさん達が信じられないと言いたげな様子で目を丸くする。

まぁ確かに魔物使いや魔物牧場以外で魔物をペットにしている人間はあんまりいないからね。

「ほ、ほほ、本気で言っているのか!?　そいつは、白き災厄なんだぞっっっ!?」

「えっ!?」

シャラーザさんの口から発されたその名を聞いて僕は驚いた。

だってその名はかつて古代魔法文明を滅茶苦茶にした恐ろしい魔物の名前だからだ。

「白き災厄？　何だそりゃ？」

けれど白き災厄のことを知らないジャイロ君達は何のことやらと首を傾げている。

そうだ、彼等の反応が普通の筈。

だって白き災厄の情報は、あの遺跡の中で見つけた資料で初めて知ったんだから。

それをエルフ達が知っているなんて……やっぱりこの仕事を受けて正解だったかもしれないね！

ただ、この状況はどうしたものか……

「貴殿等は分かっているのか!?　それはかつて世界を滅亡寸前まで追いやった災厄の魔物だぞ!?」

シャラーザさんがモフモフを指さしながら、その恐ろしさを皆に告げる……んだけど。

「この」

「モフモフが」

「世界を」

「滅亡寸前まで追いやった」

「災厄の魔物？」

皆が首をコテンと傾げる。

「「「「まっさかー」」」」

うん、そういう反応になるよね。

「シャザーラさん、それは違いますよ。このモフモフはこの通り無害な魔物の赤ん坊ですよ。ほら、この通りちょっと驚いただけでオシッコを漏らしちゃうほど臆病なヤツなんです」

そう言って僕は今もなお漏らし続けているモフモフの姿をシャラーザさんに見せる。

「え？　いや、しかしだな！」

モフモフの事をあの白き災厄だと勘違いしていたシャラーザさん達だったけど、流石に叱られただけでショックを受けてお漏らししている様子を見て困惑する。

「キュ……キュウゥ……」

「そもそも何でモフモフが白き災厄だと思ったんですか？」

僕は何故シャラーザさんがこんなか弱い生き物であるモフモフを、白き災厄と勘違いしたのか理由を問う。

もしかしたら白き災厄についての詳細な情報が手に入るかもしれない。

「わ、我々エルフ族、いや郷に暮らす者達は、代々長老達から口伝《くでん》で世界を破滅に導いた忌わしき魔物、白き災厄の恐ろしさを忘れぬようにと幼い頃から何度も聞かされてきたのだ。曰く、白き災厄は全身が分厚い純白の毛皮に覆われてる。曰く、その頭には邪悪に捻じ曲がった角が生えている。曰く、その眼差しは漆黒の闇のごとき暗黒の虚であると……」

言われて僕はモフモフを見つめる。

うーん、確かにモフモフは毛皮の量が多いけど、分厚いと言うよりは丸いって感じだよね。

角もまぁ確かに曲がっているけど邪悪に捻じ曲がってるというほどでもないよね。

そして目は……暗黒の虚というよりは、涙がボロボロ零れ落ちる悪戯《いたずら》小僧の目かなぁ。

「ええと、この姿を見て本当にそんな邪悪な存在に見えるんですか？」

僕は掴んだモフモフをシャラーザさんに見せて、コイツがそんな邪悪な存在なのかと問いかける。

「ほ、本当に違う……のか？」

うん、プルプルと震えるこの姿を見れば、かつて世界を滅ぼしかけた恐ろしい魔物な訳ないって分かると思うんだよね。

多分シャラーザさん達は、白き災厄を恐れるあまり、似ている生き物を見たら何でもかんでも白き災厄と思ってしまうようになっているんじゃないだろうか？

でなきゃこんな無害な生き物を恐ろしい魔物だと勘違いしたりしないよね。

「ち、違うのか……そう、だな。あの白き災厄がこんな所にいる筈がない……よな？」

ようやく冷静さを取り戻したシャラーザさん達が力を抜いて安堵のため息を吐く。

よかった、何とか納得してもらえたみたいだ。

それにしても彼等がパニックになった理由が、モフモフを恐ろしい魔物と勘違いしただけで良かったよ。

種族間の価値観の違いが原因の騒動でなくて本当に良かった。

「はははっ、それにしてもエルフも臆病だよな。コイツにビビるなんてよ。コイツいっつも食うか寝てるかで、たまに悪戯しては兄貴に叱られてションボリしてるんだぜ？」

こらこらジャイロ君、せっかく穏便に収まったんだから、あんまり挑発するようなことを言わないの。

「そうねぇ。確かにこの子は生まれたての割には妙に強いんだけど、レクスさんには全然勝てないみたいだし、世界を滅ぼす魔物の割には……」

と、そこで皆の視線が僕の手の中のモフモフに集中する。

「「「「威厳が足りない」」」」

皆酷いなぁ。いやまぁ僕の手の中でプルプルしているモフモフを見れば、そう思うのも仕方ないんだけど。

ともあれ、誤解も解けた事で改めて僕達はエルフの戦士達と挨拶を交わした。

「先ほどは失礼した、人族の戦士達。君達のお陰で我等は命拾いした」

「いいえ、お気になさらず」

冷静になったエルフの戦士達から先ほどの加勢の件で感謝される。

「皆、立ち話はその辺にしておけ。続きは郷に戻ってからにしろ」

「はっ、申し訳ありません！」

シャラーザさんに注意され、エルフの戦士達が防壁の中へと戻っていく。

「ありがとうー！」

「助かったぞー！」

すると時折そばを通りがかるエルフ達から感謝の言葉が飛んでくるのがこそばゆい。

「さぁ入ってくれ諸君」

何故か妙に楽しそうな様子のシャラーザさんが僕達を門の中へと案内する。

門を潜り抜けた瞬間、周囲の空気が変わる。

「え？　何これ!?」

「感覚が急に……綺麗、になった……？」

皆も同じように違和感を感じたらしく、驚きの声を上げる。

これはあれだね。森にかけられていた迷いの大呪法の影響がなくなったんだろう。

だから感覚がクリアになったというよりは、惑わされていた感覚が元に戻ったというのが正しい。

けれどそれを驚く前に、僕達は驚くべき光景を目にしていた。

「え？　何あれ……!?」

「はっ、はぁ!?」

「ようこそ諸君。ここが我らが故郷、霊樹の郷だ」

それは、巨大な、町より大きな大樹だったんだ。

「「「「デ、デカァーーーーッ!!」」」」

驚いたのはそれだけじゃない。

見れば大樹の幹に通路が作られていて、枝というには太すぎる大きな枝にいくつもの家が固定されている。

これはもう大樹の傍に作られた町ではなく、大樹に町が載っているというのが正しい。

「はっはっはっ、驚いただろう」

シャラーザさんが得意げに笑い声を上げると、皆がハッと我に返る。

「ちょっ、ちょっと待って！　何でこんなっ!?」

「何ですかこの大きさは!?　こんな大きな大樹があったら、森の外からでも気付く筈ですよ!?」

皆が驚くのも当然だ。

何しろこの大樹の大きさは人食いの森の木々よりはるかに大きい。

だから森を覆う霧もこの大樹を覆い隠す事は出来ない筈だ。

「そう思うのも当然だ。何故ならこの霊樹は我等の秘術で外からは見えないように隠されていたのだからな」

と、シャラーザさんが種明かしをする。

成る程ね、迷いの大呪法の術式の真の狙いは、恐らくこの大樹を認識させないことだったんだろう。

この大きさじゃとにかく目立つもんね。ただ、目立つは目立つんだけど……

「精霊魔法ってなんでもありなのね……」

精霊魔法のデタラメさに皆が驚いているけれど、僕はそれ以上に別の理由で驚いてた。

だって、この樹は……エルフ達が守っていると言っていた特別な霊樹と言われた樹の正体が……

「……これ！　世界樹じゃないかぁぁぁぁぁぁっ!!」

そう、この大樹こそかつて世界を産み出したと言われる世界樹そのものだったんだ。

そして、別名は……世界最大の雑草っ!!

第208話　エルフの長とドワーフの長

「これは、世界樹じゃないか!?」

エルフ達が崇める霊樹の正体が世界樹だと知った僕は驚愕の声を上げた。

「えっ!?　世界樹ってあの伝説の!?」

僕の言葉に皆もこの樹が世界樹だと気付き、驚きの顔を見せる。

それも当然だ。だって世界樹の別名は世界最大の雑草なんだから！

確かに神話では神様が植えた世界最初の樹とは言われていたし、その木からとれる様々な素材は多くの良質な素材に加工する事が出来た……出来たんだけど、それとは別に厄介極まりない樹としても有名だったんだ。

まず育つと凄く大きくなる。

とにかく周囲の全てを押しのけて成長するから、世界樹の近くに町や施設を作ると大惨事になるし、場合によっては近隣の川を堰《せ》き止めたり山を崩してしまうなど大災害を巻き起こす。

更にとにかく大きいから、世界樹が近所にあると町が日陰になって洗濯物が全然乾かない。

あと強風に煽《あお》られて世界樹の葉っぱに載っていた魔物が落ちてきて地上が大騒ぎになる等、世界樹が原因のトラブルは後が絶えなかったから、世界樹の芽や若木が見つかったら慌てて伐採するか植えかえて場所を移動させていた程なんだ。

自然との調和を良しとするエルフも、世界樹に関しては間引くのもやむなしと言った対応をせざるを得なかったほどの超巨大樹木なんだから。

何しろあの巨体だ。育つのに必要とする栄養も凄まじくて、他の木々の成長を考えると、無尽蔵に増えるのを放置するわけにはいかなかったんだ。

そんな迷惑植物の代名詞である世界樹を保護だなんて、一体どういう事なの!?

「これが神話に語られる全ての木の母と言われ世界樹……!?」

いやノルブさん、それは勘違いにも程がありますよ!?　ただの凄い雑草ですからね！

「まさかレクス殿が世界樹のことを知っていたとは……!?」

けれど何故かシャラーザさんは僕が世界樹を知っていた事に驚く。

「まさかも何も、一目瞭然じゃないですか！」

何しろ世界最大の雑草だ。どこにいても必ず見えるそれは、小さな子供が一番最初に名前を覚える雑草としても有名だったんだから。

「いや、そんな筈はあるまい。この世界樹は世界で最後に残された一株なのだぞ？　それを見ただけで分かるなど」

「え？　最後!?」

この世界樹が世界最後の一株!?　あの放っておいても無限に生え続けるって言われた世界樹が!?

ん？　あれ？　……でも思い返してみれば今世に生まれてから世界樹を見た記憶がないような……

あまりにも当然のように存在していたから、それが在るかどうかなんて気にしたことがなかったよ。

とはいえ、それでも世界樹がこの一本を除いてなくなってしまったと言うのは解せない。

一体何が起こったんだ!?

「うむ、そうなのだ。この世界樹こそが世界最後の世界樹。そしてこの樹がようやく生み出した実が先ほどの魔物達に狙われているのだ」

「成る程ね。あの伝説の世界樹の実なら、魔物が狙っても不思議じゃないわ」

「そうですね。伝説の大樹に実った実なら、きっと物凄い力があるでしょうしね。何しろ神々が生み出した最初の樹なのですから」

僕が過去の記憶を思い返していたら、皆が成る程と納得の声を上げていた。

いやいや、世界樹は確かに周囲の栄養を根こそぎ吸い取ろうとする厄介な樹だから、実にも相応に滋養はあるけど、それでも伝説というほどのものじゃないよ!?

とはいえ、この時代に世界樹を見たという人がいないのなら、珍しい物扱いになるのかなぁ？

あっ、でももしかしたら昔の人達が世界樹の繁殖に嫌気がさして、除草剤ならぬ除世界樹剤のようなものをばら撒いたのかも。

だからこの辺りの国には世界樹がないんじゃないかな？

世界樹は世界最大の雑草だ。いくら除世界樹剤を使ったからといって、世界から消え去るとは思えない。この樹のようにね。

だから世界樹が存在していないのはこの辺りの郷だけで、世界を見てみれば普通に世界樹がある国があるだろう。

そしてその国ではまた世界樹が育って困ってるんだろうね。

ともあれ、そう考えれば皆が世界樹を知らないのも納得だ。

害獣を追い払えば、害獣の危機を知らない子供が増えるのは道理。

世界樹を駆除したから皆世界樹の厄介さを伝える必要もなくなったんだろう。

とはいえ、今回僕達が受けた依頼は世界樹の管理じゃない。

あくまで世界樹の実を狙う魔物を退治する事だ。

冒険者は余計な事には手を出さない。あくまで依頼された内容を達成するだけのプロフェッショナルだ。

世界樹が育ちすぎて大変な事になったら、その時はエルフ達が自分で管理するだろう。

大剣士ライガードの冒険でもそんな話あったなぁ。

とある依頼の依頼主が大枚をはたいて手に入れた珍しいペットの正体が、とんでもなく危険な魔物だった事が。

このままだと依頼主も危険だからとライガード達は警告したんだけど、依頼主はそれを無視しちゃったんだよね。

で、自分達が何とかしようと考えた所でライガードが言ったんだ。

「俺達は依頼料の分の仕事をするだけだ。それ以上の事をするのはどんなに善意からだろうとも余計なおせっかいでしかない」って。

そうしてライガード達は、去って行ったんだけど、その後の物語のオチがまた凄まじかったんだよね。

実は依頼主は魔物の性質を理解していて、それを利用して……っと、そこは関係なかったっけ。

「あっ、でももしかして世界樹の実を狙う魔物って、誰かが持ち込んだ世界樹駆除用の魔物だったりするのかな？」

魔物で思い出した。確か特定の生き物や植物を駆除する為にそれを好物とする魔物を誘致する駆除法があったっけ。

そして世界樹がなくなった事で野生化したその魔物の子孫が、この樹を見つけて集まって来たのかも。

うーん、意外に間違っていないのかもしれないぞ。

でも本当に世界樹を好んで食べる魔物がいるとすれば、世の中まだまだ僕の知らない事がいっぱいあるんだなぁ。

「どうしたのレクスさん？」

と、僕が考え込んでいたら、リリエラさんがどうしたのだろうと声をかけてきた。

「いえ、ちょっと世界樹について考えていただけです。どうやって魔物から守ろうかなって」

うん、魔物の由来については僕達が考えても仕方ない事だ。

仕事に集中集中。

「では長達に紹介しよう。ついて来てくれ」

「「「「はーい」」」」

「キュウ！」

シャラーザさんに案内され、僕達は郷の長老達のもとへと向かう。

「こっちだ」

「え？」

シャラーザさんが指さしたのは、世界樹を覆う砦ではなく、世界樹の根元から上に向かって伸びる道だったんだ。

「これは、樹の幹を彫り込んで道を作っている？」

道は世界樹の幹の皺を利用したり、皺がない部分は削って半分だけのトンネルのような形にしたりして通路が作られてる。

「へぇ、こんな風に通路を作るなんて面白いなぁ」

珍しい大樹の道を面白がりながら登っていくと、枝の上に驚くべき光景が広がっていた。

「これは……町!?」

そう、世界樹の枝の上には、巨大な町が広がっていたんだ。

枝の上面が削られて平坦な道が作られ、その上にいくつもの家が並んでいた。

「す、すげー！」

「凄い、家が建ってる……」

見れば上の枝にも人工物の影が見える。

それに家は枝の上だけじゃない。幹を彫って扉を付けた家の姿もある。

「まさか世界樹の上に町を作るなんて……」

これは驚いた。世界樹の上に町を作るなんてびっくりだよ。

でもこれはこれでありなの……かな？

何しろ世界樹の周辺は、日々大きくなる世界樹によって迂闊《うかつ》に建物が建てられない状況だ。

そう考えると世界樹によって被害を受けない、世界樹そのものに町を作るという案は意外と良い考えなのかもしれない。

「凄い事を考えた人もいたもんだなぁ」

流石にこの発想には脱帽だよ。

「長老たちはこの先の幹の会議場にいらっしゃる」

シャラーザさんが指さしたのは幹の道をグルリと半分回った所にある幹を彫った部屋、いや会議場だった。

「意外ね。長老だなんていうから、てっきり上の方にいるものかと思ったわ」

うん、僕も同じことを思った。

まさか地上からそれほど離れていない寧ろ下層にいるとはね。

「この霊樹の郷では、固くなりすぎて二度と加工する事が出来んようになった下層の階層が良い立地なのだ。それゆえ長老達年配者は下層に、加工が容易な上層は若者が住むのだよ」

「へー、面白い」

ん？　世界樹が固すぎて加工出来ない？

また奇妙な発言が飛んだような……

その疑問について聞いてみようと思ったんだけど、その前にシャラーザさんが扉を開けて中に入っていった。

「長老、戦士長シャラーザ、戻りました。人族の強き戦士達と共に」

僕達も遅れて中に入ると、シャラーザさんの奥、部屋の反対側に世界樹を彫り込んで作った椅子に座る何人もの老人たちの姿があった。

成る程、あれが長老達か。

部屋の中が薄暗いから、表情までは分かりにくいな。

「戻ったかシャラーザ。それで人族の戦士はどこだ」

「こちらに」

とシャラーザさんが僕達を紹介する。

「彼等が私の頼みを聞いてくださった人族の強き戦士達です」

「……何？」

けれど長老達は僕達の姿を見ると、明らかに不満げな声になる。

「シャラーザよ。人族に騙されたか？」

「は？」

「教えたであろう。人は我等よりも遥かに命短き種族。人の子供があの魔物共との戦いの役に立つわけがあるまい」

「いえ、そんな事はありません！　彼等は郷を襲う魔物をその凄まじき魔法で見事打ち倒しました！　彼等の実力は本物です！」

あ、これさっき下で見た光景だ。

それを証明するように、シャラーザさんと長老達の口論は続く……かに見えたんだけど、室内に響き渡った大きな声がそれを止めた。

「うるさいぞエルフの爺《じじ》い共」

低いけどよく通る声が会議室に響き渡る。

エルフ達の口論を止めたのは、小柄でガッシリとした体形で髭の豊かな老人だった。

うん、間違いなくドワーフだね。

ここにいると言う事は、彼がドワーフ族の代表なんだろう。

今のは彼が壁に立てかけられていた盾を斧で叩いた音みたいだ。

そしてドワーフの長老が話を止めたと言う事は、この後はつまり……

「実力が分からんのなら、戦えばすぐに分かる」

ですよねー。

「武器を取れ小僧」

ドワーフの長は手にした斧を構え間髪入れず戦いを申し込んでくる。

「分かりました」

僕もまた予備の剣を抜き、構える。

「えっ!?　ちょっと待って!?　なんでいきなり戦う事になるのよ!?」

慌てたリリエラさんが止めに入るけれど、ドワーフの長はそれで止まる様子はなかった。

「どいてろ嬢ちゃん。怪我するぞ」

「リリエラさん、これがドワーフの流儀なんです」

「そんな流儀初めて聞いたわよ!?」

「ドワーフは実力を重視する種族ですから、彼等を説得するなら力を見せるのが一番手っ取り早いと思っているんですよ」

「何それ!?」

「ほう、分かっているじゃねぇか小僧」

僕の説明を聞いていたドワーフの長が意外そうに眼を見開く。

「昔知り合いのドワーフに聞いたんです」

「成る程。説明の手間が省けていい」

ニヤリと笑ってドワーフの長が前に出てきたので、僕も同じように前に出る。

ドワーフの長の得物は両刃の戦斧だ。

戦斧は柄が長く彼の身長の二倍はある為、種族的な体格差を余裕でカバーしている。

寧ろドワーフの筋力で軽々と振り回せるから、リーチも含めてこっちが不利だ。

この状況、普通に戦うなら魔法を併用して戦うべきなんだけど、ドワーフの実力試しとなると魔法は止めておきたい。

魔法を使った強さも含めて戦士の実力だと認めてくれるけど、やっぱり武器と肉体を駆使した戦いの方が彼等の受けが良いからだ。

問題は僕の武器が予備のものである事かな。

まぁ元の剣も良い材料を使えなかったから、それ程変わりはないんだけどね。

「行くぞ！」

ドワーフの長が戦斧を槍のように突き出しながら突撃してくる。

穂先に突起が付いている為、刺されればタダじゃすまない。

「とっ」

僕はギリギリの回避ではなく、余裕をもってドワーフの長の攻撃を跳躍で回避する。

するとドワーフの長は右手を支点にして左手で戦斧を押し込み、斧を半回転させ僕を追撃してくる。

これこれ、重くて威力のある武器なのに、重さを感じさせない戦い方をしてくるからドワーフは怖いんだよ。

ともあれ、余裕を持った回避をしたおかげでドワーフの長の追撃をかわす事に成功した。

ただ、随分とゆっくりした攻撃だったけど、僕が本気で戦うに相応しい相手なのか確かめたのかな？

それとも武器を見て既にこちらの底が見抜かれた？

だとすればここからが本番だろうね。

武器はともかく、僕の実力は確認されただろうから。

「やるな」

ドリーフの長がニヤリと笑みを浮かべる。

「次はお前から攻撃してこい」

そういってドワーフの長が戦斧を構え直す。

その構えは回避など不要。全ての攻撃を受け止めて見せるという強い自信に満ちていた。

成る程。自分の攻撃を避ける事が出来るのは分かった。なら次は敵を倒すだけの攻撃が出来るのか証明してみせろって訳だね。

「なら……行きます！」

「来い！」

僕は剣を腰溜めに構えると、ドワーフの長が持つ戦斧の側面目掛けて横薙ぎに振りぬいた。

「鉄断ちっ!!」

鉄断ち、それはドワーフに伝わる互いの武器の性能を比べあう攻撃だ。

全身の力を抜き、全身の関節を利用した一撃のみに全てを賭けるという後の事を考えない一対一の試し合いの為だけの剣技。

文字通り非効率の極みの技。

◆リリエラ◆

私は見た。

「鉄断ちっ!!」

レクスさんの体が消えたかと思った刹那、ヒィンッという不思議な甲高い音が聞こえた。

次の瞬間、室内に嵐が吹き荒れた。

ゴゥッツッツ!!

「なっ!?」

嵐の音で自分の声すら聞こえない。

嵐は一瞬だった。

すぐに風が止んだのだけれど、その音が凄すぎて耳がバカになってしまったらしく、キーンとなって周囲の音が聞こえにくい。

そして暗い室内に光が差した。

「んー?」

見ればドワーフの長の背後の壁から光が漏れている。

あんな所に採光用の窓なんてあったかしら?

光は細長く、まるで何か刃物で切ったような細さだった。

……刃物で切ったような細さ……まさか……ねぇ?

私はそっとレクスさんの方を見ると、レクスさんがヤバッ!　っと言いたげな顔で壁から漏れる光を見ていた。

あっ、うん。分かったわ。説明は不要です。寧ろ説明しないでくださいお願いします。

「す、すみませーん！　やり過ぎましたー！」

あー、説明しちゃった！　このまま何事もなかったかのようにスルーしたかったのに！

「本当にすみません！　予想以上に綺麗に切れちゃったので後ろの壁まで切っちゃいました！」

「……」

ドワーフの長は刃が真っ二つにされた戦斧を構えたままの姿勢で微動だにしない。

「あ。あの……」

レクスさんが恐る恐るドワーフの長の顔を見ると……

「……カクン」

ドワーフの長は気絶していたのでした。

うん、そうなるわよね。

第２０９話　鉄の秘奥

「儂《わし》の負けだ」

戦いが終わった後、ドワーフの長はきっぱりと敗北を宣言した。

この潔さがドワーフの戦士たる所以《ゆえん》だよね。

「まさか儂の自信作がこうも容易《たやす》く切られるとは……それも砕くではなく切ったか」

と、ドワーフの長は自分の戦斧の切断面を見つめながら呟く。

「お主の剣、相当な業物のようだな」

「いえ、あり物の材料で作った普通の剣ですよ」

ドワーフの長はこの剣を凄いというけれど、寧ろこの剣は手持ちの材料で作ったものだからそんなに性能は良くないいんだよね。というか予備だし。

寧ろ、僕としてはドワーフの長の戦斧をあんなに簡単に切る事が出来た方が驚きなんだけど。

ドワーフなら、粗末な鉄でも文字通り鋼の強さの武器を創り出す事が出来る生まれついての鍛冶種族だ。

それが何故あんなに柔らかい武器を作ったんだろう？

「ふん、お前の武器を作った奴は相当謙虚な奴か、相当なひねくれ者みたいだな」

すいません、これ作ったの僕なんです。

「まぁ良い。俺達ドワーフはお前の強さを認める。エルフの爺《じじ》いども、お前達も異論はあるまい？」

ドワーフの長に言葉を向けられると、エルフの長達が苦虫を噛み潰したような顔で口を開く。

「ドワーフの長が認めたのなら、我々も認めてやらんでもない」

「ふん、そんなに納得がいかんのならお前達も戦ってみればいい。自慢の精霊魔法で挑んでみたらどうだ？」

「ひ、必要ない！　我等は無駄な戦いなど好まぬ！」

ドワーフの長から戦ってみたらどうだと言われたエルフの長達だったけど、彼等はその必要はないと突っぱねる。

実際エルフは寿命が長い事もあって、あまり積極的に動かない種族だからね。

「他の連中はどうだ？」

「……戦上の種族と武具の種族が認めるのなら、伝令の種族である我等も認めるほかあるまい」

ドワーフの長に言葉を向けられたのはエルフだけじゃなかった。小人族や獣人族といった他の長達も僕達を認めてくれたみたいだね。

けど、これだけ多くの種族の長達が同じ場所にいるのは珍しいね。

さっきの町の光景を思い出すに、一番多いのはエルフとドワーフみたいだけど。

「よし、それじゃあ話はこれで終わりだ。ついてこい」

長達への謁見が終わると。立ち上がったドワーフの長が僕達についてこいと言う。

「どこに行くんですか？」

「面白い場所に連れていってやる」

「面白い場所？」

皆はドワーフの長が言う面白い場所はどんなところだろうと首を傾げているけど、ドワーフが面白いって言うなら、きっとあそこなんだろうなぁ。

◆

ドワーフの長に連れてこられたのは、世界樹の幹に近い太い枝の上に建てられた建物だった。

そこには何十人ものドワーフ達がいて、全員が熱い炉の前で作業をしている。

「ここが俺達ドワーフの工房だ」

うん、知ってた。ドワーフの楽しい事って言えば、鍛冶だもんね。

「うぉぉ、めっちゃ暑いぜ。ドワーフのオッサン達はこんな暑い場所でよく仕事出来るな」

「たしかに、これはキツいですね……」

「溶ける……」

ジャイロ君達の言いたい気持ちはよく分かるよ。僕も魔法で気温を調整してないととてもじゃないけど暑くていられないからね。

「そうね、確かに暑いわ」

「ええ、ちょっとこれは辛いわね」

あっ、リリエラさんとミナさんがこっそり冷気魔法で涼んでる。

でもまぁ、こういう場面で魔法を活用する事で、繊細なコントロール技術が上達するんだよね。

「はっはっはっ、慣れんとキツいかもな！　だがその分見ごたえはあるぞ！　何せこれだけの数のドワーフが作業する場は外の世界にはないだろう！」

「確かにこんなに沢山のドワーフを見たのは初めてだわ」

ドワーフの長の言葉を、リリエラさんが肯定する。

やっぱり異種族は今の時代少ないっていうのは本当なのかな？

それともたまたまこの辺りの国では少ないだけなんだろうか？

「俺達ドワーフは鍛冶の種族だ。自らが武器を取って戦う事も少なくないが、やはり鍛冶が本業だな」

そうだね。ドワーフは単純に戦力として見ても強いけど、やっぱり彼等が最も輝くのは鍛冶の腕を見せる時だ。

「けどよ、それなら鉄はどうするんだよ？」

そんなドワーフの長に、ジャイロ君が疑問を投げかける。

「え？　どういう意味よ？」

「だってよ、ここは樹の上だから鉄は採れねぇじゃん。でも砦の外は魔物がうようよしてて、ドワーフの足だと逃げきれねぇんだろ？　エルフに鉱山で鉄を採ってきてもらってんのか？」

「言われてみれば確かに」

ジャイロ君の疑問にミナさん達がもっともだと納得する。

うん、いつも思うけど、ジャイロ君の疑問って重要なところを突いてくるよね。

だからこそ、こっちも説明のし甲斐があるんだよね。

「良い疑問だな坊主」

僕と同じことを考えたんだろう。ドワーフの長はニヤリと笑みを浮かべる。

「ただ、それは世界樹がどういったものかと言う事を知らないからこその疑問だな」

ドワーフの長は、作業台の上に置かれていた大きな塊を持ち上げて皆に見せつける。

「その答えがこれだ」

「「「「答え？」」」」

ドワーフの長が持ち上げたのは、大きな樹皮だった。

「コイツは世界樹上層の若い樹皮だ」

「樹皮って、木の皮か？　なんでそれが鉄の答えなんだよ？　薪の間違いじゃねぇの？」

鉄をどうするのかと言われて樹皮を出された事でジャイロ君達が困惑に首を傾げる。

「そう慌てるな。いいか、世界樹ってのはただのデカい樹じゃない。その全てが高品質の素材になる樹なんだ」

「「「「へぇー」」」」

「そしてこの世界樹の若い樹皮だが、実はこのままでも十分な硬さなんだが、表面を削ってほぐす事で並のハードレザーアーマー以上の硬さの鎧になるんだ」

「「「「ほぐしただけで!?」」」」

軽い手間を加えただけで高品質な鎧になると聞いて、皆が驚きの声を上げる。

「だが、コイツにはもう一つ重要な活用法があるんだ。それはな……」

と言ってドワーフの長が世界樹の樹皮を炉の中に放り込んだ。

「えっ!?　何するの!?」

「下を見な」

「下？」

ドワーフの長の突然の行動に驚いた皆だったけど、言われるままに炉の下を見る。するとそこには赤く輝く鉄が溜まっていた。

「世界樹の樹皮には鉄が多く含まれている。だから樹皮を燃やすと中の鉄だけを抽出出来るのさ」

「「「「木の中に鉄が!?」」」」

抽出された鉄を見て、皆が更に驚きの声を上げる。

「世界樹に含まれるのは鉄だけじゃない。薬の材料から何から、ありとあらゆる生活に必要な物が作り出せるのさ」

「へぇー。世界樹って凄いんだな」

「ビックリ」

世界樹の素材としての有用性を聞いて、皆は目を白黒させながら驚いていた。

確かに世界樹は色んな事に利用出来るからね。

とはいえ、それはあくまで本命の素材がない時の代用品としての話だ。

樹皮に鉄分が含まれているといっても、鉱山で手に入る鉱石に比べればその含有量は少ないんだよね。

便利ではあるものの、際限なく大きくなる上に周囲の栄養を根こそぎ奪っていくデメリットを考えるとちょっとなぁって首をひねってしまうのが世界樹という植物に対する評価だったりする。

「この鉄を使って、俺達は武具だけでなく生活に使う道具も作る訳だ」

「へー、面白れぇなぁ」

「世界樹から採れると言うだけで、鉄自体は普通の鉄なんでしょうか？」

「他の部位はどんなことが出来るのか知りたい」

皆は世界樹の樹皮、というか世界樹の素材としての性能に興味津々みたいだね。

「という訳でだ、お前達には特別に武具の作り方を教えてやろう」

「「「「え?」」」」

突然のドワーフの長からの提案に皆がどういう事?　と首を傾げる。

ああうん、たまにあるんだよね。

ドワーフって気に入った相手には自分達の鍛冶の技術を気軽に教えちゃうんだよ。

勿論凄い技術だから悪用されたら危険な技術もあるんだけど、そこは生まれながらの鍛冶種族の技術。

生半可な相手じゃ技術を体得出来ないし、そもそもドワーフの修行はドワーフの頑健さあっての事だから、他の種族が教えを受けてもモノになる前に逃げ出しちゃうんだよね。

うん、僕もそれで酷い目にあったよ。

空調魔法を使って鉱石に触れると、質の良い鉱石が熱を受けた際の微妙な変化が分からなくなるから魔法は使うな!　って溶岩が近くを流れる鉱山で鉱石採取とかさせられたからなぁ……

けれどそんな事を知らない皆は、ドワーフからの手ほどきと聞いて興奮している。

「うおー!　マジかよ!?　兄貴みたいに俺専用の武器とか作っちまえるようになるのか!?」

「自分で質の良い武具を作れるなら、お店で買うより安く作れるし、お金がない時の金策にもなる」

「ええと、僕は僧侶なので武器を作る技術は必要ないのですが、巡礼で困っている村に寄った時に人の役に立ちそうなのはいいですね」

「私は覚えておこうかな。レクスさんに助けられた時も、武器を折られて危ない所だったし」

皆教えを乞うつもり満々だね。

ふふっ、昔の僕を見ているようだよ。そして地獄を見るんだ。

ようこそ地獄のドワーフ鍛冶体験会場へ。

「私、魔法使いだからやめておこうかな」

唯一魔法使いだからと遠慮しようとしていたミナさんだったけど、そんな彼女の肩をドワーフの長がポンと軽く叩く。

「なーに、魔法使いも魔力切れで魔法が使えなくなって殴り合う事になるかもしれんだろ？　ならそこらにあるもんで武器を作れるようになっておいて損はない」

ははは、そうだよミナさん。一度相手をロックオンしたドワーフは、技術を教えるまで絶対に逃したりはしないんだ。だから頑張ってねー。

「よーし、それじゃあこっちに来い。坊主もだ！」

あっ、はい。僕もですね。分かっていました。残念、逃げるの失敗。

「まずはナイフを作るから見ていろ」

ドリーフの長は、世界樹の樹皮から採れた鉄を型に流し込むと、細い板状の焼けた鉄の塊を創り出す。

「これを叩いて形にしていくわけだが、ここに気を付けろ」

ドワーフの長はナイフの完成よりも、僕達に教える事を優先してゆっくりと説明しながら手順を踏んでいく。

実際の作業でこんなに悠長に作業してたらあっと言う間に鉄が冷えちゃうからね。

うーん、それにしても前世の師匠と違って優しいなぁ。

前世の師匠は例え説明といえど、自分の仕事に全力を尽くすドワーフだったから、物凄い作業速度で全然見えなかったんだよね。

しかも理解出来ないと平気で完成した武器を使って攻撃してくるから命懸けだったよ。

更に完成しても師匠の作った武器と戦わされるから、下手な物を作るとあっという間に武器が壊れて殺さかねないから、本当に命懸けだったよ。

「で、これを繰り返す。疲れたからって手を抜くなよ。力を入れずに叩いても鉄は鍛えられん」

と、ここで僕はドワーフの長の教えに疑問を抱く。

あれ？　何で今、あの手順を飛ばすんだろ？　あれがないと出来上がりが圧倒的に悪くなるんだけど？

これはもしかして……僕達を試している？

そこで僕はさっきの戦いで感じた疑問を思い出す。

ドワーフの長が戦いで使った戦斧は奇妙なほど柔らかかった。

なんの意味があってあれを使ったのか疑問だったんだけど、このナイフの作り方を見てようやく納得がいったよ。

つまり、ドワーフの長は、本当の手順で作った武具と手順を抜かした手抜き武器の差を僕達に教えるつもりなんだ！

恐らくこの後僕達が駄目な武具を作った所で本物の武具との違いを見せつける事で、基本を守る事の大切さを教えるつもりなんだろう。

成る程、そこまで考えていたからこそ、わざとあの戦斧を使ったんだね。

「とまぁこんな感じだ。じゃあお前達も真似して作ってみろ」

と、ドワーフの長から作業開始の号令がかかった事で、皆も学んだとおりにナイフを作り始める。

よーし、僕もナイフを作るぞ！

でももちろん僕が作るのは、本来の手順を踏んだナイフだ。

前世のドワーフ仕込みの技を見せれば、僕がドワーフの技法を理解していることが伝わるだろう。

そうすれば、ドワーフ名物の強制鍛冶特訓を免除してもらえる筈……うん、ごめんね皆。僕は一足先に一抜けさせてもらうよ。

「出来たー！」

「ん、完成！」

「で、出来たと思います」

「う、腕がクタクタァ……」

「うーん、こんなものかしら？」

暫くして、皆が次々にナイフを完成させていく。

「よーし、見せてみろ」

ドワーフの長に呼ばれた僕達は自分達の作ったナイフを作業台の上に置いていき、ドワーフの長が作った物と合わせて七本のナイフが並んでいた。

ちなみにドワーフの長は僕達が作業を始めるのと一緒に改めてナイフを一から作っていたりする。

多分比較用だろうね。

「どうよ俺のナイフは！　イカすだろ！」

自信満々にナイフを見せたのはジャイロ君だ。

ジャイロ君のナイフは皆のナイフと違って、独特の形をしていた。

ドワーフの長はそのナイフをじっくりと観察すると、手に取って試し切り用の木の棒に振り下ろす。

するとナイフはパキィンと音を立てて割れてしまった。

「あああああっ!?　俺のナイフ！」

「形に気を取られて鍛え足らん。もっとしっかり鍛えてから形にこだわれ」

「とほほ……」

「だが……最初から他人とは違う形にする気概は悪くない。基礎をしっかりと積めばお前だけのナイフを作ることが出来るだろう」

と、ただ厳しいだけでなく、ジャイロ君のチャレンジ精神を評価するドワーフの長。

「っっっ!? お、おうっ！　頑張るぜ爺《じい》さん！」

「うむ、良い鍛冶師になるのだぞ」

「いや、鍛冶師になってどうすんのよ」

うん、君は戦士でしょジャイロ君。

「よし次だ」

「よ、よろしくお願いします！」

ドワーフの長はその後も皆のナイフを品評していく。

「強度はまずまずだが、研《と》ぎが良くない」

「ううっ」

「ん、次は私」

「こっちは薄すぎる。切れ味を優先しすぎて強度をおろそかにしている」

「はうっ」

「わ、私も出来たわよ！」

「……こん棒か？」

ミリさんが出したのは、細長い金属の塊だった。

「……ナイフよ」

う、うん？　言われてみればナイフの形に見えなくもないけれど……

「そ、そうか。頑張れ」

「何か私だけ雑じゃない!?」

「そんな事ないぞぉう」

流石のドワーフの長も、アレにはかけるアドバイスが見当たらなかったらしく、そっと離れてゆく。

「出来たわ。長、見てください」

「これあ……ふむ、悪くない。あとは基礎を積み重ねていけば使い物になるだろう」

「やったーっ！」

おおー、リリエラさんが今日一番良い評価を貰っていた。

うんうん、やっぱり僕達の中で一番冒険者歴が長いだけあるよね。ドワーフ相手に初めてナイフを作って叱られないなんて。僕は散々叱られたのになぁ。

そして最後に僕のナイフの番がくる。

「ほう、これはなかなか。もしかして鍛冶の経験があるのか？」

流石に見る人が見れば分かるらしく、ドワーフの長は僕に鍛冶の経験がある事を直ぐに察した。

「はい、昔知り合ったドワーフの鍛冶師に」

「成る程な。しかしこれは……むぅ、なんだ？」

納得したドワーフの長は何か疑問を感じたのか、ナイフを手に取ると試し切り用の木の棒に僕のナイフを振り下ろした。

するとナイフは音もなく試し切り用の木の棒を切断する。

「なっ!?」

けれど何故かドワーフの長が驚いた声を上げる。

「な、なんだこれは!?」

ドワーフの長は確かめるように何度も試し切り用の木の棒をナイフで切断していく。

「ど、どうなっているんだ!?」

ドワーフの長は作業台に置かれていた自分のナイフに持ち替えると、同じように試し切り用の木の棒に斬りつける。

すると今度はザクッという音と共に木の棒が切断された。

「音が違う、重さも違う、握りやすさも違う。なにより切れ味が圧倒的に違う！　なんだこれは!?」

え？　何？　もしかして何か失敗しちゃった？

……あっ、そうか。僕が知っているのは前世のドワーフの技術。

それに対してドワーフの長の技術は現代の、最新の技術だ。

もしかしたらだけど、ドワーフの長が教えてくれた技術は僕の古い知識から見たら大事な技術が抜けているように見えるけど、その実過去の不要な手順を排除した最新の技術なのかもしれない。

しまった。そんな事にも気付かなかったなんて、恥ずかしいにも程があるよ！

案の定ドワーフの長はものすごく怖い顔で僕のもとへとやって来た。

「これはどうやって作ったんだ!?　頼む教えてくれ!!」

「ご、ごめんなさ……へ？」

けれど、ドワーフの長からの言葉は、僕の予想とは正反対のものだった。

「この凄まじい切れ味！　にも拘わらずこの薄さと硬さ！　まるで自分の手が伸びたかのような使いやすさ！　こんな技は生まれて初めてだ！　一体どんな技術を使っているんだ!?」

あ、あれ？　怒られるんじゃなかったの？

「ええと、それは知り合いのドワーフに学んだ普通のドワーフの技術なんですけど……」

そう。僕は特別な事はしていない。

あくまで僕が学んだドワーフの技術で作っただけだ。

「これが普通の!?　そんな筈は……まさか!?」

と、そこでドワーフの長が何かに思い当たったらしく、目を大きく見開く。

「まさかドワーフ王の業か!?」

「「「「ドワーフ王の業？」」」」

ドワーフの長の言葉を聞いて、皆が何のことだと首を傾げる。

それだけじゃなく、作業をしていた他のドワーフ達も何事かとこちらを見ていた。

「ドワーフ王の業、それは古代魔法文明の崩壊と共に失われたドワーフの技術だ」

「ええっ!?」

ドワーフの技術が古代魔法文明の崩壊と共に失われた!?

「当時頻発した無数の災害、災厄が原因で技術を持っていたドワーフの多くが死に、世界最高峰と謳《うた》われたドワーフの技術のほとんどが失われたと聞く」

そうだったんだ。それにしてもまた古代魔法文明の崩壊が原因なのか。

「この技術は間違いなく古代魔法文明時代の技術だ。この霊樹の郷に受け継がれてきた技術じゃこんな凄まじいナイフは作れん」

と言われても、普通にナイフを作っただけなんだけどなぁ。

などと困惑していたら、突然ドワーフの長が僕に土下座をしてきたんだ。

「頼む！　その技を儂らに教えてくれ！　いや教えてください！　そして!!」

ドワーフの長は言葉遣いまで変えて僕に教えを乞う。

「そして我等ドワーフの王になってください!!」

それだけではなく、僕に王様になって欲しいと言ってきたんだ……って、あれ？

「「「「王様ぁぁぁぁぁぁぁぁぁぁぁぁぁっっ!?」」」」

ど、どういう事ぉーーーーっ!?

第２１０話　素材を採取しよう

「そして我等ドワーフの王になってください!!」

「「「「王様ぁぁぁぁぁぁぁぁぁぁぁぁっっ!?」」」」

　突然ドワーフの長は僕に王様になって欲しいと言ってきた。

「いやいやいや、何でそうなるんですか!?」

「そうですよ親方、いきなり飛ばし過ぎですよ。まずはこの坊主に王の業を教えたドワーフの事を聞くのが先ですよ」

　他のドワーフ達も慌てて長を窘めてる。

　良かった。まともな人達がいた。

「そ、そうだった。つい気が急《せ》いてしまった」

　本当に気が急きすぎだよ。

「だがお前ぇ等！　坊主たぁ何事だぁ！　技術を持った相手には敬意を払えっていつも言ってんだろうが！」

「スンマセン親方!!」

意外と礼儀にうるさいのか、ドワーフの長は僕を坊主と呼んだ若いドワーフ達の頭をゴンッゴンッと音を立てて叩く。

「何で頭を叩いてあんな金属みたいな音が鳴るのよ……」

あー、ドワーフって全身が固いからね。多分骨とかに鉱石が混ざってるんじゃないかなぁ。

「ともあれ、改めてお願いする。どうか貴方にその業を伝えたドワーフの事を教えて頂きたい！」

とりあえず王様とかの話は流れてくれてほっとしたよ。

とはいえ、僕に鍛冶の技術を教えてくれたドワーフは前世の人だからなぁ。

「僕が出会ったのは本当に幼い頃の事なので。今はどこにいるのか分からないんですよ」

とりあえず旅をしているとかそんな感じで誤魔化そう。

「そ、そうなのですか……ではやはり貴方に王になって頂きたい！」

「「「「よろしくお願いします!!」」」」

「なんでやはりなのーっ!?」

ちょっと待って！　ここは旅のドワーフを探して、その人に王になってもらう流れじゃないの!?

しかも他のドワーフ達まで一緒になって!?

「我等ドワーフにとって重要なのは鍛冶の腕。種族がどうかは特に問題ではないのです！」

「躊躇《ため》いがなさすぎる……」

「こんな考え方でよくドワーフは国を作れたわね」

「そりゃ単純に何千年もの間、我等ドワーフを越える鍛冶師が生まれなかったからだな」

「ああそういう」

　と、後ろでリリエラさん達がドワーフ達からその辺りの事情を説明されて納得していたけど、僕はそれどころじゃないんですけど!?

「儂が長をしているのは、たまたま郷で最も鍛冶の腕が良かったというだけの話。ならば儂を越える腕の持ち主が現れたのなら、その人物が新たなる長になるは道理。そして貴方は失われた王の業を持って我々の前に現れた。故に我等ドワーフを導く王になって頂きたいのです!!」

　と、とんでもない事になってきたぁー！

　ど、どうしようコレ!?

「すっげー！　さすが兄貴だぜ！　まさかドワーフの王様になっちまうなんてな！」

　まだなってないからねジャイロ君！

「アンタよくこの状況で感心出来るわねぇ」

　無邪気にはしゃぐジャイロ君にミナさんが呆れているけど、出来ればこっちのサポートもして欲しいな！

「どうか我らドワーフを導き、偉大なる祖霊の業を我らにお与えくださ い王よ！」

「「「「王よっ!!」」」」

「いやだから僕は王様じゃないですって！」

えーっと、こういう時は……そうだ！

「では僕が皆さんに師匠から教わった鍛冶の業を教えますから、その中で一番腕が良かった人が王になると言う事でどうでしょうか？」

こういう時は話題をずらすに限るって前世の知り合いが言ってた。

この場合はドワーフ王の失われた業を持っているから王に相応しいんだから、その技術を広めれば僕以外の人にも王の資格が広がって騒動の中心から外れる事が出来る筈！

「おお、なんと慈悲深い……では古き業を蘇らせてくださった偉大なる名誉国王として崇拝させて頂きます」

「「「「ありがとうございます名誉国王陛下っっ!!」」」」

んんーっ!?　これって問題が解決したのかな!?

ともあれ、一応はドワーフの王として彼等を導く義務がなくなったわけだし、よしと……よしでいいのかなぁ？

「では皆さんの技術と僕の教わった技術のすり合わせから始めましょうか」

「「「「はいっ！　名誉国王陛下っ！」」」」

「名誉貴族は聞いた事あるけど、名誉国王ってのは初めて聞いたわー」

……やっぱりやめて欲しいかな。

◆

「じゃあ今日は世界樹の素材採取について説明しますね」

「「「「はいレクス名誉国王陛下!!」」」」

ドワーフ達に鍛冶の技術を教える事になった僕は、さっそくやり方を説明しようと思ったんだけど、その際にある問題に気付いて急遽素材採取の訓練から始める事にしたんだ。

問題、それはドワーフ達が世界樹の若い樹皮しか加工出来ないと言う事だ。

ジャイロ君に素材をどう集めるのか聞かれた時、ドワーフの長は世界樹の若い樹皮を使うと答えていた。

でもそれは若い樹皮も使うじゃなくて、若い樹皮しか使えないいって事だったんだ。

更に彼等は硬い樹皮を採取する事自体が出来ないとも言った。

この郷のドワーフ達は、鍛冶の技術だけじゃなく、採取技術まで失っていたんだね。

「硬い樹皮を剥ぐのは簡単です。素材の中の最も弱い線を見つけ出し、そこに刃を沿わせて一気に……こうっ！　ねっ、簡単でしょう？」

「「「「レクス名誉国王陛下！　さっぱり分かりません！」」」」

「ええっ!?」

おかしいな。ドワーフだったらこの工程を見ただけでやり方を理解出来る筈なんだけど。

僕にこの技を教えてくれたドワーフの話だと、ドワーフは物の構造を本能的に理解出来るから、大人が実践してみればすぐに理解出来るようになるって言ってたんだけどな。

ええと、他にはなんて言ってたっけ……ああそうだ。

「これは身体強化魔法の応用みたいなものですよ。素材をよく見れば、目に集まった魔力が視覚を強化して物質の構造を把握する事が出来るんです」

ドワーフはそう言った鑑定系の能力が優れているらしいんだよね。

「「「「レクス名誉国王陛下、身体強化魔法の時点で簡単じゃないです！」」」」

んんっ？　どういう事？　ドワーフの身体強化魔法は一種の種族特性で、生まれた時から使っている筈なんだけど……

「長、ちょっとこっちに来て、この素材をよく見てみてください。どこに刃を当てれば切る事が出来るかを考えながら見てくださいね」

「は、はぁ……」

僕はドワーフの長を呼ぶと、切り出した樹皮をよく見てもらう。

そして僕は樹皮を見るドワーフの長を観察する。

「じー……」

全体の魔力の流れ、特に目の周辺を流れる魔力の流れに注目する。

その結果、僕はドワーフの長の中にある問題を発見した。

「やっぱりだ」

「はい？　何がですか？」

「今、長の中の魔力の流れを見ていましたが、長の体の魔力が殆ど動いていなかったんです」

「魔力？　それはどういう……？　我々ドワーフは魔法が使えませんから、魔力なんてありませんが？」

長もドワーフ達も何の事だろうと首を傾げる。

やっぱりここから間違っているみたいだね。

「いえ、ドワーフも魔法を使えます」

「「「「「ええっ!?　俺達にも魔法が使えるんですか!?」」」」」

「そ、それは本当なんですか!?　レクス名誉国王陛下!?」

ドワーフの長が目を丸くして僕に本当なのかと聞いてくる。

「……とりあえずその名誉国王陛下ってのやめてくれません？　長いですし」

「で、ではレクス師匠陛下？」

陛下は無くならないのかー。

「出来れば陛下もなしでお願いします」

「ではレクス名誉師匠でどうでしょう？」

「まぁそれなら……」

　気を取り直して、僕はドワーフ達に身体強化魔法の使い方をレクチャーする。

「確かにドワーフは敵を攻撃するような派手に飛んでいく魔法は苦手です。でもそれはドワーフの種族特性にあるんです」

「種族特性ですか？」

「ええ、ドワーフが得意とする魔法は身体強化という肉体を強化する魔法なんです。貴方達は自分の体に干渉する魔法に適性が高く、逆に外に干渉する放出系の魔法とは相性が良くないんですよ」

「はー、そうだったんですか」

　自分達の特性を初めて聞いたドワーフ達は、知らなかったーと目を丸くして驚いている。

「貴方達は鍛冶に関係した地属性と火属性の身体強化に向いていて、逆に水と風の属性にはあまり向いていません。これは種族的な適性の問題なので気にしなくていいです」

　この辺り、ドワーフだけじゃなく、他種族も同様の傾向がある。

「人間は種族全体で考えるとどの属性の適性もあるけど、他種族は種族全体の属性適性が偏っているんだよね。人間は頑張れば苦手な属性も使えるけど、他種族は完全に向いていなくて使えない人も多い。でもその分適性のある属性は人間より強い人が多いんだ」

「他の属性が使えない代わりに、使える属性に特化しているってことね」

「そういう事です。そしてドワーフは無意識に目に身体強化を施す事で素材の弱い部分を察知する事が出来るんです。鉱山で効率的に鉱石を採取したり、硬い魔物を簡単に倒す事が出来るのは、筋力だけでなく相手の弱点を見ることが出来るからなんですよ」

「そうだったのか!?」

「俺達って知らずに弱点を見ていたのか!?」

「ただ、先ほども言いましたが、本来なら当たり前のように使えている筈の身体強化を皆さんは行っていないようなんです」

これは僕の予想だけど、本来ドワーフの幼子は大人達が身体強化魔法を使いながら行う鍛冶の光景を見て、無意識に魔力の流れを理解していたんだと思う。

親を見て歩き方や言葉を覚えるように。

でも文明が崩壊した際に白き災厄から逃れたドワーフ達は技術を持った大人を失ってしまった。

そして生き残った子供達は、見よう見まねで技術を磨くしかなくなったんだろう。

ただ皮肉なことに、ドワーフは生まれついての鍛冶種族だから、身体強化を行わなくてもそれなりの物が出来てしまった。

だからこの郷のドワーフ達は自分達に重要な基本を知らないまま成長してしまったんだろう。

誰も喋らない場所では言葉の覚えようがないように。

「なので皆さんには改めて身体強化の練習をしてもらいます」

「レクス名誉師匠、具体的にはどんな訓練を？」

「簡単です。皆さんがいつもやっている事の延長をしてもらうんですよ」

「「「「俺達がいつもしている事の延長？」」」」

ドワーフ達がどれの事だと首を傾げる。

「はい。鍛冶の時、炉の火を調整したり、金属を加工する行為。その時の感覚をイメージしながら魔力で火を付けたり金属を曲げてもらいます」

そう、最初から魔法の訓練だー！　ってやらせても理解しづらいだろうから、なるべく自分達に身近な事からイメージを膨らませないとね。

「じゅ、呪文とかはどうするんですか？」

「鍛冶の際に呪文なんて唱えている余裕はありませんから、無詠唱で行ってもらいます」

「む、無詠唱!?」

ドワーフ達が本当に無詠唱で魔法が使えるのかと動揺する。

そもそも前世のドワーフ達は感覚で使っていたから、呪文なんて必要ないのは把握済みだ。

「あー、懐かしい光景だわ。私達もあんな感じだったわよね」

「そうねー。そしてジャイロが爆発したのよね」

「「「「爆発!?」」」」

ミナさんの呟きを聞いたドワーフ達がギョッとなる。

「ミナさん、そういう怖がらせるような事は言っちゃだめですよ」

「ゴメンゴメン」

「悩むより実行あるのみです。まずはやってみてください」

僕は困惑するドワーフ達にやってみるようにと告げる。

とはいえ、流石に言葉の説明だけで何のサポートもないのは大変かな。

ちょっと手助けをするとしよう。

僕が初めて身体強化魔法を習った時は確か……

「メニーメルトスフィア！」

僕は魔法で超高温の火の玉を大量に生み出し、ドワーフ達の周囲に浮かべる。

「レ、レクス名誉師匠これは一体!?」

「それは炉の炎と同じくらいの温度の火の玉です。その火の玉の魔力の流れを察知し、一番弱い部分を見つけたらそこを刺激するように魔力をぶつけてください。そうすればその火は消えます」

そう、本物が目の前にあればイメージがしやすいからね。

僕の時も各属性の身体強化を覚える為に、燃え盛る火山の中に放り込まれたり、嵐のような強風荒れ狂う崖から蹴り落とされたり、巨大な船も粉々にする大渦巻に放り込まれて身体強化魔法の練習をさせられたんだよね。

……うん、思い出したくなかったかな。

「魔力の流れ……あ、熱っちぃぃぃぃぃ!!」

「き、消えろ、消えろ……熱っ、熱っ」

「炉の火力を調整するイメージですよー」

ドワーフ達が、周囲に浮かぶ超高温の炎の玉を見つめながら魔力の流れを探っていく。

「き、消えろ、消えろー！　熱ちちちちっ!!」

ドワーフ達は炎の弱い部分は本能的に察する事が出来ているみたいで、位置の特定自体は割と早く出来た。

魔力を纏う事に難儀しているようだ。

「……ぬ？」

けれど、じっと炎を見つめていたドワーフの一人が片手に持った鎚《つち》をゆっくり炎に近づけると、炎に揺らめきが生じる。

その鎚の表面には、うっすらと魔力の流れが生まれかけていた。

うんうん、やっぱりドワーフは火の属性と相性がいいね。

使い慣れた道具を手にする事で、疑似的に鍛冶をしている時の感覚を再現しながら、魔法の火を炉の炎に見立てている。

そうする事で、目の前の火を危険なものではなく、制御出来るものだと理解を深めていた。

他にも何人か勘の良い人が似たような方法で魔力の流れを理解し始めている。

「おお、レクスの地獄の特訓が始まったって感じがする」

「レクスさんって修行の時は割と容赦ないですからね」

だからメグリさん達も怖がらせるような事を言わないでくださいよ。

ドワーフ達がマジで!?　これ以上があるの!?　って顔でこっちを見てるじゃないですか。

「大丈夫ですよー。怖い事なんてしませんからー」

「「「「既に説得力がないんですけど!?」」」」

えー？　まだ序の口なのにー？

けど見ればまだいまいちピンときていない人達もいるみたいだ。

そういう人達には……

「クレイボディ！」

地上から登って来た土の塊が、ドワーフ達の体を包み込むように埋めていく。

勿論窒息させないように気を付けているよ。

「おおおっ!?　こ、これは!?」

「うぐっ!?　お、起き上がれん!!」

「この土の塊は、魔力の弱い部分が脆くなっています。だから肌で土の弱い部分と魔力の感覚を知ってください。そうすれば土を自由に動かせるようになりますから」

名付けてふれあい大作戦！　ジャイロ君が治癒魔法をきっかけにして身体強化を使えるようになった出来事の再現だよ！

「う、動かす!? これを!?」

「はい！」

「や、やってみます！ う、動けー！」

「くっ、鼻がかゆいのにかけない！ うおおおおっ！ 頼む！ 動け！ どいてくれぇー!!」

「スゲー光景になって来たなぁ」

「キュウ」

何故かジャイロ君とモフモフが遠い目で見ているけど、そんなキツい修行はしてないよ？

魔物の群れに全身を縛った状態で放り出すとかに比べたら全然安全だからね。

とはいえ、ちょっと優しすぎたかな？

僕の時と同じじは流石に可哀そうだけど、もうちょっと本気になれるようにした方が良いかも。

「じゃあ夕方までに皆が身体強化を使えなかったら、炎の玉の数を増やして温度も上げましょうか。あと土の方ももっと量を増やして口と鼻以外埋めちゃいましょう」

「「「「っっっ!?」」」」

僕がそう宣言すると、ドワーフ達がこの世の終わりが来たような顔を見せた。

そして次の瞬間、ドワーフ達がこれまでとは比べ物にならない程真剣な様子で身体強化魔法の練習に励みだしたんだ。

「「「消えろぉぉぉぉぉぉ！」」」

「うん、やっぱり皆に身体強化魔法を教えた時と同じだったみたいだね」

「俺達と同じ？」

「そうだよ。皆に身体強化魔法を教える事になった時、魔法使いのミナさんとノルブさんはともかく、戦士の皆は魔法使いじゃない自分が本当に魔法が使えるのかって疑ってたでしょ？」

「あー、確かに」

「それと同じように、この郷のドワーフ達は自分達が魔法を使えると言う事を忘れてしまった所為で、本当に魔法を使えるようになるのか懐疑的になっていたんだ。だから魔力を感じやすい勘の良い人以外は真剣味が足りなかったんだよ」

「成る程、言われてみればそうかもしれない」

僕の説明にメグリさんが成る程と頷く。

「冷えろぉぉぉぉぉぉぉぉぉぉぉっ!!」

「動けぇぇぇぇぇぇぇぇぇぇっ!!」

そして日暮れまであとわずかというその時。

ゆらりと炎が揺れた。

グラリと土の塊が動いた。

「「「「動いたぁぁぁぁぁぁぁぁ!!」」」」

それからは早かった。

一人が出来るようになれば、本当に自分達でも魔法が使えるようになるんだと信じる根拠が出来る。

その結果、魔力と意識が同調したドワーフ達は身体強化魔法の発動に成功したんだ。

そして身体強化魔法を覚えたドワーフ達に、もう一度世界樹の硬い樹皮を剝ぐことに挑戦させてみると……

「おおっ!?　切れる！　切れるぞ！」

「すげぇ！　あのクソ硬かった世界樹の樹皮をどう切ればいいのかが手に取るように分かる！」

最初のお手上げ状態がウソのように世界樹の硬い樹皮を剝ぐことが出来るようになっていたんだ。

「身体強化魔法を応用すれば、採取だけでなく鍛冶の腕を上げる事も可能です。それはまた明日から教えますね」

身体強化はドワーフ達の鍛冶の、ううん、全ての基礎だ。

これを覚えた事で彼等の鍛冶技術は一気に上がるだろう。

いや、失っていた技を取り戻すというのが正しいかな。

「よろしくお願いしますレクス名誉国王陛下っっっ!!」

「だからそれは止めて下さいって」

こうして、ドワーフ達は失われた技術を取り戻していくのだった。

「あっ、慣れたら身体強化魔法無しで硬い皮を剝ぐ技術を覚えてもらいますね」

「「「「はいっ!?」」」」

「大丈夫。魔力に頼らなくても素材の目を見極めてそこにナイフを当てれば大抵のものは切れますから」

「「「「明らかに難易度高そうなんですけどーっっっ!!」」」」

慣れれば簡単ですよ？

11巻魔物座談会前編

謎の魔物A	(･ω･)ノ「どうもー、壁の向こうからやって来て刈られました」
謎の魔物B	(･ω･)ノ「どうもー、書籍で湧いて出た二体目です」
謎の魔物C	(･ω･)ノ「どうもー、書籍で湧いて出た三体目です」
謎の魔物A	Σ(ﾟДﾟ)「なんか知らない兄弟がポップした!?」
謎の魔物B	_(; 3」∠)_「メタ過ぎない?」
謎の魔物C	ヾ(⌒(_'ω')_「まぁ座談会だし」
謎の魔物B	Y(･∀･)Y「ところで僕達のキャライメージはカニです」
謎の魔物C	Y(･∀･)Y「なので設定の時点で美味しいと書かれています」
謎の魔物B	(; ´Д`)「すいません、白い毛玉が涎垂らしながらこっちを見てるんですけど」
謎の魔物A	(' -')「来るな来るな」
謎の魔物B	_(┐「ε:)_「それにしても見事に名前の欄が僕等しかいない」
謎の魔物A	_(:3)∠)_「今回の敵は俺達しかいないからなぁ」
ドワーフの長	(･ω･ ;)「……ええと」
謎の魔物C	(o '∀') ﾉ「あっ、いた」
ドワーフの長	(; ´Д`)「何で!?」
謎の魔物A	└(┐Lε:)┘「主人公と戦ったから、かなぁ」
ドワーフの長	(ノД`lll)「とほほ」
謎の魔物B	_(:3)∠)_「まぁまぁ、世界樹の樹皮でも食べる?」
ドワーフの長	(ﾟДﾟ)「要らんわ!」

第２１１話　精霊魔法と普通の魔法

「魔物が攻めてきたぞーっ!!」

今日もドワーフ達に鍛冶の技術をレクチャーしていると、地上の見張りから、風の精霊の力を借りた精霊魔法による魔物襲撃の報告が届いたんだ。

「よし、行くぞ！」

「はっ!!」

そしてシャラーザさんの号令の下、エルフの戦士達が地上に向けて降りてゆく。

けれどドワーフ達は準備こそすれど、一向に地上に向かう様子を見せないのは何でだろう？

「あれ？　ドワーフの皆さんは戦わないいんですか？」

「はい、俺達は足が遅いですからね。まずは身の軽いエルフ達が先行して魔物を魔法で迎撃し、敵にダメージを与えた所で俺達と交代して殲滅するやり方なんでさぁ」

ああ成る程、種族的な身体能力を考慮して種族単位で先発と交代要員を決めているんだね。

「レクス殿、貴殿等も魔法を使える者は我々と共に来て欲しい。魔法を使えない者はドワーフ達と後発で来てくれ」

「となると、ジャイロとノルブは後発の方が良いわね」

「えー、なんでだよ。俺だって攻撃魔法は使えるぜ？」

ミナさんの振り分けにジャイロ君が不満を口にする。

「アンタは射撃系の魔法は苦手でしょ。なら回復役のノルブと一緒に後発の方がいいわ」

「私も接近戦の方が得意だけど？」

そしたらメグリさんが自分はいいのかと質問する。

「メグリはジャイロよりは射撃系魔法が得意だし、いざとなったら私の護衛もして欲しいのよ」

「ん、分かった」

と言う事は、僕達の先発部隊は、僕、リリエラさん、ミナさん、メグリさんの四人か。

でも分けるなら３：３に分けた方がいい気が……

「ちょっとバランス悪くないですか？」

「まぁ念の為ね。どっちにしろ先発隊だけでどうにかなると思うし」

「まぁ、そうなるわよね」

「ん、後発の必要はない」

と、何故か皆して先発隊だけで問題ないと断言していた。

何か根拠があるのかな？

◆

地上に降りてくると、既に戦闘が始まっていた。

エルフ達は防壁や世界樹の枝の上から魔物に向けて魔法を放っている。

「大地の精霊よ！　かの魔物の足を止めろ！」

「風の精霊よ！　かの魔物の関節を切り裂け！」

エルフ達の精霊魔法が魔物達の足を止め、硬い甲殻を避けて関節部を切断する。

「え？　何であんな短い詠唱で魔法が発動するの!?」

そんな中、エルフ達の魔法にミナさんが驚きの声を上げる。

「ああ、エルフの精霊魔法は人間の魔法と違って、精霊と契約を行うからですよ」

「どういう事？」

「人間は呪文という式を世界に刻むことで魔法を使います。でも精霊魔法は契約した精霊そのものが式なので、アイツをやっつけてって言えばあとは魔力を渡すだけで勝手にやってくれるんです」

「なにそれズルい！」

ミナさんが精霊魔法を初めて知った魔法使い特有の悲鳴を上げる。

分かるよ。精霊魔法って常に魔法が待機状態で、命令すればすぐ発動するからね。

「でもその代わりに精霊が判断して全てを行うので、精密さには欠けるんですよ。だからああやって足を止めろとか関節を狙えって具体的に指示するんです。それでも精霊の性格によってはこっちの指示を理解出来ずに適当に攻撃するだけになったりしますけどね」

そう、精霊魔法って意外と大ざっぱなんだよね。

「それに契約して間もない精霊の力を借りる時は魔力の消耗も多くなります。省魔力かつ高威力を目指すには、時間をかけて精霊と仲良くなる必要があるんですよ」

だからこそ、寿命の長いエルフあたりでないと精霊魔法を使いこなす事は出来ないんだよね。

「精霊魔法は精霊魔法で大変なのね……」

「ともあれ、話し込んでないで僕達も手伝いましょう！」

「そうね」

「私とメグリは魔法の威力が弱いから、牽制とエルフ達の援護に専念するわ」

「ん、任せて」

僕とミナさんが魔法で攻撃、リリエラさんとメグリさんが援護と役割を決めて行動を開始する。

「それじゃあ僕は敵のど真ん中にぶち込んで攪乱《かくらん》させますね！」

「分かったわ。私は前線で負傷していない魔物を狙う」

僕達は互いの目標を決めると、魔法を発動させる。

「サンダーウェッジ!!」

まずミナさんが放った魔法の雷が、魔物の体のど真ん中に突き刺さる。

けれど雷はそのまま消えることなく魔物の体に残り続け、更に地面に食い込むことで魔物の移動を阻害していた。

「よし！」

魔法の手ごたえがあった事で、ミナさんが会心の笑みを浮かべる。

この魔法は雷の楔《くさび》で対象を縫い留める事で移動を阻害し、更にダメージを与える持続型魔法だ。

更にこの魔法を喰らっている味方に触れた魔物もまた感電し、慌てて仲間から離れた事で進軍が滞る。

「それじゃあ僕もやろうかな！　バーンバーストブレイク!!」

僕が上空から放った魔法は、ちょうど魔物達のど真ん中に命中する。

その瞬間、命中した魔物が大爆発を起こし、更にその爆発を受けた魔物がまた大爆発を起こし、更にその爆発を受けた魔物が大爆発を起こす。

これぞ連鎖爆裂魔法バーンバーストブレイク!!

周囲に敵がいる限り、無限に爆発をし続ける対軍勢爆砕魔法さ！

連鎖爆裂魔法を喰らった魔物達は、どんどん爆発の連鎖を広げていき、まるで中心部から大輪の花が広がっていくようだった。

「な、何だあれは……!?」

「あ、あれが人間の魔法なのか!?」

「な、なんと恐ろしい……!?」

連鎖爆裂魔法を見たエルフの戦士達が、戦いの手を止めて驚きの表情を浮かべている。

うん、彼等はずっとこの郷から出ていない若い戦士達だから、人間の魔法には詳しくないんだろうね。

でも熟練のエルフの精霊魔法はこんなもんじゃないからなぁ。

だって「よろしく！」の一言で大精霊が軍勢を吹き飛ばしちゃうんだもん。

僕達人間からしてみれば、エルフの魔法の方が恐ろしいよ。

「そんなに大した魔法じゃないですよ。人間の国では割と普通に使われる害虫駆除魔法ですから」

「「害虫駆除魔法!?」」

「ええ、大量発生するアント系のような厄介な魔物を駆除する為に開発された魔法です」

厳密には虫だけじゃなく、大量発生する魔物全般を対象とした魔法だけどね。

「あんな魔法で駆除……？」

「外の世界ってあんな魔法が必要となる魔物が当たり前にいるのか!?」

まぁ世界は広いからね。僕も初めて軍勢型の魔物の群れを見た時はビックリしたよ。

仕事で現地にやって来て実際の状況を見た時は、慌てて駆除魔法を開発したくらいだもん。

「「外の世界怖ぇ……」」

外の世界に害虫が沢山いると知ったエルフ達が青い顔になって体を震わせている。

もしかして彼等は虫型の魔物が苦手なのかな？

成る程。だからエルフは人里に出てこないのか。

種族レベルで苦手なものがあるのって大変だなぁ。

「人間の魔法使いが誤解されている……」

「騙されちゃ駄目よ。あんな真似が出来るのは人間の世界でもごく一部なのよ」

「ドワーフだけでなくエルフにも誤解が……」

いやいや、誤解じゃなくて普通ですよ？

国に所属する軍属魔法使いならこのくらい当たり前ですからね？

ともあれ、連鎖爆裂魔法が上手く効いた事と、エルフ達の連携もあって、魔物はほどなく殲滅する事が出来た。

「いや助かった。レクス殿達のお陰で驚く程早く敵を撃退出来た。しかも撤退させるのではなく殲滅とはな」

敵を殲滅出来たことで、シャラーザさんが感謝の言葉を告げてくる。

「けど、随分とあっさり倒せましたね。もしかして今回は敵の数が少なかったんですか？」

シャラーザさんの話じゃ郷を襲う魔物の数はかなりのものの筈だ。

なのにこんなに簡単に倒せるなんて。

「い、いや、数はいつも通りだったぞ」

「そうなんですか？」

どういう事だろう？　魔物の強さは大したことないのに数はいつも通り？

……あっ、もしかして郷の外で戦っている主力のエルフの戦士達が頑張っている成果なんじゃ!?

彼等が強力な魔物を減らしてくれた事で、郷にやって来る魔物は弱い個体ばかりになってきたのかもしれない。

そう考えると、僕達はかなり良いタイミングでやって来たんだなぁ。

ちょっと郷の外で戦っているエルフの戦士達に申し訳ない気分だ。

そんな事を考えていたら、エルフの戦士の一人が僕に話しかけてきた。

「あ、あの……」

「はい、なんでしょう？」

「あ、はい。ええとですね。あの生き物ってあなた方のペット……なんですよね？」

「え？」

エルフの戦士の視線につられて郷の外を見てみれば、白い球体が森の外へと移動している光景を目撃する。

「ってモフモフ!?」

僕は慌てて地上に降りると、モフモフを抱え上げる。

「ギュウウ!?」

モフモフは何をするんだと言わんばかりに唸り声を上げるけど、すぐに僕だと分かって大人しくなる。

「キュ、キュウウン」

「こらモフモフ、外は危ない魔物が多いんだから、勝手に出て行っちゃだめだぞ！」

「キュウン」

モフモフはどうしてもダメ？　と言いたげにコテンと首を傾げるけど、かわい子ぶっても駄目なものは駄目だ。

だって外は危ないからね。

「さ、郷に帰るよ」

「キュウウン」

なおもジタバタと外に出たがるモフモフを抱え、僕は郷に戻っていく。

後に、モフモフのこの行動に重要な意味があったのだと、僕は気付く事になるのだった。

第212話　食料問題を解決しよう！

◆リリエラ◆

「いっくぜーっ！　どっせーい！」

天高く飛び上がったジャイロ君が、炎を纏って地上の魔物達にダイブすると、その瞬間魔物達が大爆発を起こす。

「うおおっ！　何て威力だ！　あの巨大な魔物が一撃で!!」

「と、とんでもねえ小僧だ！」

ジャイロ君の戦いぶりにドワーフ達が驚愕の声を上げる。

「はっはーっ!!　どんどんきやがれー！」

そしてジャイロ君は剣に炎を宿し、向かってくる魔物を薙ぎ倒していく。

「よ、よし！　俺達もあの小僧に負けちゃいられねぇ！」

「そうだな。せっかくレクス名誉国王陛下に学ばせてもらったんだ！　その成果を見せてやるぜ！」

「「おおーっ!!」」

彼の戦いに触発されたドワーフ達は、真新しい武装を纏って魔物達へと向かって行く。

「そりゃーっ!!」

先頭のドワーフが大斧を振るうと、魔物の硬い甲殻が綺麗に切断された。

「ぬうん!!」

そしてその横のドワーフが鉄槌《てっつい》を振り下ろすと、まるで卵の殻を割るかのようにクシャリと魔物の甲殻が叩き割られた。

「危ない!!」

「ス、スゲェ！　こんなに簡単に魔物が!?」

新しい装備の性能に驚いていたドワーフが魔物の巨大なハサミに襲われる。

「う、うわぁぁぁ!?」

けれど世界樹の古い樹皮を加工して作られた鎧は、魔物の攻撃を受けてもビクともしない。

「ま、まじかよ……」

自分達の作った装備の凄まじい性能に、ドワーフ達の方が驚きの声を上げているくらいだった。

「ほらほら、驚くのはあと。今は目の前の魔物に集中よ」

私は困惑するドワーフ達に向かって来た魔物達を切り捨てると、彼等に注意を促す。

「す、すまねぇ。助かったよ」

私は戦場を見回しながら、他のドワーフ達の援護に向かう。

「とはいえこれは……予想以上よねぇ」

戦場で戦っているドワーフ達は自分達の性能に驚いてはいるものの、誰も苦戦はしていなかった。

寧ろ大量の巨大な魔物相手に優勢なくらいだった。

しかも、魔法の援護もなしで。

「これ、本当に魔法使い要らないわよね」

そう、私達は魔法使いの援護なしで魔物達と戦っていたのよ。

こんな事になったきっかけは……ジャイロ君の一言が原因だったのよね。

「兄貴達が先に戦うとあっという間に戦いが終わっちまって俺達の出番がねぇよ！」

事実、戦闘になるとレクスさんとエルフ達の魔法で……というかレクスさんの魔法で戦況が一気にこちらに有利になるから、ジャイロ君とドワーフ達の援護が到着する前に戦いが終わっていたのよ。

で、そんな状況が何度も続いた事で、彼が自分達も戦いたいってダダをこねたって訳。

まぁ、気持ちは分からないでもないけどね。

これについてはエルフ達の戦士長であるシャラーザさんと、ドワーフの長老も受け入れてくれたの。

というのも、レクスさんがいればいざという時に頼る事が出来るから、効率的な戦い方や魔法使いが戦えない時の訓練にうってつけなのよね。

「それにレクス名誉国王陛下のお陰で我々は古きドワーフの技を一部ではあるが取り戻した。この技術とこれまで加工出来なかった世界樹の古い樹皮を使った装備の性能を試してみたい」

と、新しい装備のテストも兼ねたいみたい。

「うおおーっ!! レクス師匠から学んだ素材の弱い部分の見極め方のお陰で、この魔物のどこを攻撃すればいいのかが分かるぞー!」

「はっはっはーっ! お前はここが弱いんだなー! ほーれ!」

ただまぁ、あそこのドワーフ達みたいに、レクスさんのトンデモナイ技術のお陰で装備以外の、技術面でもドワーフ達は強化されていたのよ。

「キュッキューッ!」

ついでにモフモフも戦場を縦横無尽に駆け巡って魔物達を倒していたわ。

「モキュモキュ」

……まぁあの子の場合、敵を倒すと言うよりは魔物を食べる為みたいだけど。

そんなこんなで戦っていたら、自然と敵は壊滅したの。

「す、凄まじいな。よもやドワーフ達がここまで圧倒的な勝利を収めるとは……」

この戦いを後方で見守っていたエルフ達は、ドワーフ達の圧倒的な戦力アップを驚愕の目で見ていた。

ええ、分かるわ。レクスさんのやらかしを見てそう言いたくなる気持ち。

「はー！　スカっとしたぜ！」

「お疲れ様。大活躍だったわね」

「おう！　リリエラの姐《ねえ》さんもドワーフ達をサポートしてくれてありがとな！」

前線でずっと戦っていた彼を労《ねぎら》うと、ジャイロ君もまた私を労ってくれた。

へぇ、敵と戦う事しか考えてないと思ってたんだけど、いつの間にか周囲を見る事が出来るようになってたのね。

これは私もうかうかしてられないわ。

「ふふ、ありがと」

戦いを終えた私達は、魔物の素材回収をドワーフ達に任せて世界樹に戻ろうとしたんだけど、視界の隅で白い毛玉が動いているのに気付きすぐに回収に向かう。

「あっ、こらモフモフ。レクスさんに外に出たらダメッて言われてるでしょ？」

「キュウ？」

この子、何でか分からないけどやたらと郷の外に出たがるのよね。

森で魔物を狩りたいのかしら？

◆

「うーむ」

世界樹の枝街を散策していたら、シャラーザさんが枝の上に作られた畑を見て唸っていた。

「どうしたんですかシャラーザさん？」

「おおこれはレクス殿」

「何か悩み事ですか？」

僕が質問すると、シャラーザさんは複雑そうな表情で頭を掻く。

「いやそれが……食料が足りなくなりましてな」

「食料が？」

シャラーザさんの視線を追って畑を見ると、そこには沢山の作物が実って……いなかった。

「なんだか実が小さいですね」

そう、畑に実っていた作物は小さく、数も少なかったんだ。

「おっしゃる通り。今年は作物の実りが悪く、このままでは皆に行き渡りそうもないのだ」

「そういう時ってどうしているんですか？」

「森に入って山菜や弱い魔物を狩る……のだが、今の森でそれを行うのはかなりの難業。此度は犠牲者を覚悟せねばならんな」

そうか、畑で収穫出来ない分は外に狩りに行くしかないもんね。

ただ、その為には大量の魔物が闊歩する森の中に入らないといけない。

そんな中で郷の全員を養えるだけの食料を定期的に収穫するのは本当に大変な事だろう。

何か、僕に手伝えることはないかな……そうだ！　折角世界樹にいるんだから、アレを作ろう!!

「あの、シャラーザさん。もしよろしければ僕達にも食料調達を協力させてもらえませんか？」

「それは……助かるが、依頼の内容から逸脱してしまうぞ？」

と、シャラーザさんは僕達に頼んでいるのは郷の防衛だけだからそこまでしなくていいと言ってくれる。

うーん、この人実直で良い人、いやエルフだなぁ。

「構いませんよ。兵站《へいたん》の充実も防衛の一環ですから」

「……感謝する」

そう、食料が足りなくて困るのは郷に住む人達全員だ。

闘えない人達が飢えるのは良い気分じゃない。

「それじゃあさっそく畑の肥料を作りますね！」

「何!?　肥料？　狩りを手伝うのではないのか？」

僕の言葉が意外だったのか、シャラーザさんが驚きの声を上げた。

「えっ？　肥料ってもしかして、またアレを作るの!?」

そんな中、肥料と聞いたリリエラさんが困惑の声を上げる。

リリエラさんの言うアレは、ホンジーオ村で使った肥料の事だね。

「いえ、あの肥料はここの材料では作れませんから、今後の事を考えて世界樹で採取出来る素材だけで作れる肥料を用意しようと思います」

「世界樹の素材だけで出来る肥料？　なんだかとんでもない物が出来そうなんだけど……」

「いえいえ、普通の肥料ですよ。それに世界樹は素材の宝庫ですからね。肥料になる部位が山ほどあるんですよ」

「世界樹の素材で肥料かぁ……なんだか物凄く勿体ない使い方をしてるような気がするわ……」

あはは、単なる雑草の再利用ですよ。

僕は枝街の建物がない場所まで行くと、その辺りにある古く硬い樹皮を削り取る。

「その樹皮が肥料になるの？」

「そうです。世界樹の古い樹皮は良質な栄養素で満ちているので、剝がれた古い樹皮が地上に落ちて腐葉土になると周辺の土地に豊富な栄養を与えてくれるんですよ」

「へぇー」

まぁその栄養も世界樹に再吸収されちゃうんだけどね。

「けど使うのはこれだけじゃありません」

僕は更に枝の先へと進んでいくと、そこにある小さな萌芽をいくつか採取する。

萌芽といっても世界樹のサイズだから、一抱えもある大きな塊だ。

「この萌芽は世界樹が太陽の恵みを得る為に広げる葉っぱで、こちらも樹皮とは別種の栄養に満ちているんですよ」

他にもいくつかの素材を採取した僕は、さっそく肥料作りを開始する。

世界樹の古い樹皮を粉末にし、そこに世界樹の萌芽を絞って水分を抽出する。

それらを混ぜる事でペースト状にしていき、ある程度混ざったら今度は世界樹の樹液や花の蜜を加えて再び混ぜる。

「……よし出来た！」

そうして出来上がったのは、透き通る蛍光色の液体だった。

「これが……肥料？　以前作った肥料とは全然違うわね」

「それに量も少なくないか？　これでは枝街の畑に撒くには到底足りないぞ？」

完成した液体を見たリリエラさんとシャラーザさんは、これで畑を回復出来るのかと懐疑的だ。

けどそれもその筈。何故ならこの薬はこれで完成したわけじゃないからだ。

「大丈夫ですよ。このエリクサーは中間素材として用意したものですから。これを世界樹の樹皮を粉末にしたものに混ぜる事で初めて肥料として完成するんです」

そう言って僕はあらかじめ用意しておいた世界樹の若い樹皮と枯れた葉を混ぜた粉末にエリクサーを振りかけ、しっかり混ぜていく。

「へー、エリクサーと混ぜる事で肥料になるの……ね？」

「ほう、世界樹から作ったエリクサー……と？」

「「って、エリクサァァァァァァァァッ!?」」

すると突然リリエラさんとシャラーザさんが目を丸くして叫び出したんだ。

「ま、待って待って待って!?　い、今の液体がエリクサーだったの!?　あの伝説の!?」

「ほ、本当なのか!?　本当にあの伝説の薬を世界樹の素材から作り出したのか!?」

「ええ、出来ますよ。この世界樹も普通の世界樹に比べればかなり小さいですけど、それでも立派な世界樹です。なので普通にエリクサーを作れますよ？」

「いや、エリクサーは普通に作れないと思うんだけど……」

「というか、エリクサーの作り方自体が分からんのだが……」

「え？」

どういう事だろう？　世界樹の素材を使ったエリクサーの作り方は大抵の人が知っている事だし、ご家庭の主婦ならいざという時の為に自分で作った品を備蓄しておくのが基本の筈なんだけど……。

「あっ、そっか」

そうか、そういう事なんだね。

シャラーザさん達郷の戦士は、薬の作り方を学ぶ時間を戦闘技術の向上に費やしてきたと言う事なんだろう。

先日の戦闘でも、エルフが先発、ドワーフ達は交代要員と役割分担していたくらいだから、薬も専門の人達が作るように役割を分けているんだろうね。

この辺り、前世の知り合いが分業にする事で戦えない人達が戦っている人達の役に立てていると言う実感を持たせる為に重要な仕組みだって言ってたっけ。

一人が全て出来るようにすると、その分の負担や技術の習熟が遅れるから、サポートする専門家の存在が大事とも言ってたもんね。

でも懐かしいなぁ。

確かにエリクサーで大抵のけがや病気は治るけど、実際には魔法で治療した方が早いし楽なんだよね。

それに薬は生ものだから、特別な処理をしないと腐っちゃうのがネックだ。

それもあってエリクサーの常備は廃《すた》れちゃったんだよね。

「伝説のエリクサーを肥料の繋ぎに使っちゃうかぁ……噂《うわさ》じゃ大国の宝物庫に数本だけ残されていて、めったな事じゃ使われないって話だったのに」

へぇ、やっぱり大国は慎重だね。

魔法による治療が主流になったこの時代に、ちゃんとエリクサーも用意してるなんて。

小国は効率重視でエリクサーの生産を止める国ばかりだったのに。

「という訳でこちらがエリクサー肥料になります。これを畑に撒けば、土が一気に回復して大量に作物を収穫出来ますよ！」

「お、おお、ありがた……い。貴重極まりないエリクサーを肥料に使った事が凄く気になるが……」

「いえいえ、エリクサーなんて簡単に作れますから気にしなくていいですよ？」

「『いやエリクサーは普通簡単に作れないから!!』」

え？　そんな事ないと思うけどなぁ。

「ともあれ、これで食料不足の問題は解決だね！」

◆シャラーザ◆

「こ、これを撒くのか……」

私達はレクス殿から頂いたエリクサー入りの肥料を畑に撒いていた。

長老達が消極的だった為、畑の一部に撒いて様子を確かめる事で何とか許可を得たのだが……それにしてもエリクサーを畑に撒くのかぁ。

「これは……本当に使っていいのだろうか？」

正直言って伝説の薬を畑に使っていいのかと不安が募る。

しかし現実問題既に肥料にされてしまった為、ここで捨てる訳にもいかないのが実情だ。

「ええい！　こうなったら使うしかない！」

意を決した私は、エリクサー入り肥料を畑に撒いてゆく。

そうして全ての肥料を撒き終えると、これまでの心労がどっと押し寄せてきた為、すぐに家に帰って寝る事にした。

正直起きていてこの件を考えたくない。

そして翌日。

「な、なんだこれはぁぁぁぁぁぁぁ!?」

私は、まるで森のようになった畑を見て、思わず叫び声を上げてしまったのだった……

ホント何者なのだあの御仁は……

第213話　エルフの訓練と追加報酬、そして成長

「レクス殿、頼みがある」

ドワーフ達への鍛冶の技術提供を終えて工房の外に出たら、何やらシャラーザさんがかしこまった様子で僕に頼み事をしてきたんだ。

「頼み……ですか？」

「うむ、実は先日レクス殿に作ってもらったエリクサーの作り方を教えて欲しいのだ」

「いいですよ」

「いや、分かっている。エリクサーと言えば我々エルフにとっても伝説と呼ばれる代物だ。それの作り方を教えて欲しいなど厚かましいにも程があるのは事実……ってええっ!?　いいのか!?」

「はい、いいですよ」

「そ、それはありがたいが、本当にいいのか？　エリクサーだぞ？　伝説の薬だぞ!?」

大げさだなぁ、たかがエリクサーで。

「いいですよ。特に隠すようなものでもありませんし。でも何で急に？」

シャラーザさん達は戦士としての役割に専念している筈。何で専門外の薬作りに興味を持ったんだろう？

「既にレクス殿も知っている事だが、郷の者達は過去の大災厄の生き残りだ。その際に当時を知る大人達は全滅し未熟な若者だけが生き残った。その所為で我々は多くの知恵と技を失った」

確か、白き災厄が大暴れしたのが原因だったよね。

「そして此度の魔物の襲来だ。今回はレクス殿達の協力があった故状況は好転したが、貴殿等は寿命の短い人間。次も同じように力を借りる事が出来るとは限らん。故に我等は失われた知恵と技を少しでも取り戻したいのだ！」

成る程、いざという時の為に、なるべく多くの技術を一人一人が覚えておきたいと考えたんだね。

そしてそれをするのは現在進行形で学んでいて、なおかつ郷の未来を担う若いエルフ達にやらせるべきだと考えたのか。

うーん、後進や郷の事をよく考えてるなぁ。さすが戦士長だよ！

「そういう事なら喜んで協力しますよ！」

「ありがたい。本当に感謝するレクス殿」

シャラーザさんは僕に深く頭を下げて感謝の意を伝えてくる。

「それともう一つ頼みたい。我らに戦い方を教えて欲しいのだ」

「戦い方も……ですか？」

「うむ、レクス殿達の力は我等を遥かに超えている。それゆえレクス殿達の戦い方を学べば、レクス殿達が帰った後でも魔物と遣り合えると思うのだ」

シャラーザさんの言いたい事は分かったけど、でもエルフに僕が教える事なんて無いと思うんだけどなぁ。

「でも僕は精霊魔法を教える事は出来ませんよ？」

そう、エルフの戦闘と言えば精霊魔法だ。

普通の人間には知覚出来ない精霊と契約してその力を行使する。

それこそがエルフの最大の力なんだけど、他種族には精霊魔法が使えないから教えようがないんだよね。

「分かっている。だが他種族だからこそ教える事の出来る闘い方と言うものがあると思うのだ」

「他種族だからこそ出来る闘い方……」

そうか、そういう事か。

エルフの戦いの主力は精霊魔法だ。

でもだからこそ、精霊魔法が使えなくなった時にエルフは大きく弱体化する。

シャラーザさんはそんな場面が来た時の為に、精霊魔法に頼らない戦い方を僕に教えて欲しいと思っているんだね。

流石シャラーザさん。若い戦士達に精霊魔法の強さに溺れないように、そして彼等がいざという時に精霊魔法以外にも頼る事の出来る力を得て欲しいと考えたんだね！

うーん、やっぱりシャラーザさんは人を育てるのが上手いなぁ。

名教官だよ！　本当に部下思いな人、いやエルフだよ！

そういう事なら協力しないとね！

「分かりました。任せてください！」

「おお、協力してくれるか！　感謝する！　ああそうだ。言い忘れていたが、エリクサーの製作法と訓練に関しては別途報酬を用意するから安心してくれ」

「いえ、全員の生存率が上がるなら、仕事の範疇ですよ」

「いや、既にドワーフ達と世界樹の畑の件で十分すぎる程恩を受けている。これ以上そちらにばかり負担をさせるわけにはいかん。正当な対価を支払わねば我等エルフの誇りが失われてしまう」

本当にこの人は律儀だなぁ。

でもだからこそ好感が持てるよ。

「分かりました。そういう事なら」

「追加報酬に関してだが、世界樹から採取出来る素材から欲しい物を持って行ってくれ。またレクス殿が望むのであれば、依頼が終わった後も世界樹から得られる素材を優先的に提供しよう」

「いいんですか？」

「ああ、構わん。我等は外の世界の金を持たぬからな。代わりに素材で支払わせてもらいたい」

世界樹の素材か。

世界樹は魔物由来の素材以外の大半が手に入るけど、その分個々の素材の生産量は少ないんだよね。

しかもこの世界樹はまだ小さいから、なおさらだ。

だからそれを報酬として提供するとなると、シャラーザさん達も相当切り詰める事になるんじゃないかな？

……うーん、なら畑だけじゃなく、世界樹そのものにも肥料を与えておこうかな。

そうすれば僕達への報酬だけでなく、シャラーザさん達が使う分も十分確保出来るだろうし……あっ！

「そうだ、世界樹ならアレが手に入るじゃないか！」

◆シャラーザ◆

それは夜中に起きた。

ゴゴゴゴゴッ!!

「な、何事だ!?」

突然の凄まじい揺れに驚いた私は、ベッドから飛び起きて武器を掴むと、すぐさま家の外へと飛び出した。

「シャラーザ隊長!!」

同じように家から出てきた部下達が慌てて私の下へとやって来る。

「一体何が起きているんですか!?」

「分からん。だがまずは地上の砦と連絡を取れ。この地震に乗じて魔物が攻めて来るやもしれん」

「はっ!!」

部下達が慌てて地上と連絡を取りに行く。

地震は今もなお続いており、郷の皆も慌てて家から飛び出してきている。

「何が起きてるの!?」

その声に視線を向ければ、レクス殿の仲間のリリエラ殿達の姿があった。

「分からん。どうやら地震が起きているようだが、我々もこんな地震は初めてなのだ」

「エルフも初めて体験する地震か。魔物がどう動くか分からないから怖いわね」

「戦士長！　地上の砦と連絡が付きました！」

「魔物の様子はどうだ？」

「今のところ魔物が攻めて来る様子はないそうです」

「そうか、だがまだ安心は出来んな。この地震で家が壊れる危険性がある。郷の民を誘導して安全な場所に避難させるのだ」

「「はっ!!」」

その後も地震は続き、我々は不安な気持ちを募らせながら夜を過ごした。

そしてようやく夜が明けてくると、私達はトンデモナイ光景を目にしてしまった。

「ち、地上が遠い!?」

そう、私達のいる枝から地上が驚く程遠くなっていたのだ。

「なにこれ？　世界樹ってこんなに簡単に成長するものなの？」

驚いているのは私達だけではなく、リリエラ殿達もこの光景に困惑していた。

「いやそんな筈はない。少なくとも私の記憶にある世界樹はこんなに急激な成長はしない！」

そう、こんな事は数百年を生きてきて初めてだ。

私は世界樹が突然巨大化した理由を考える。

「一体何が原因だ？　世界樹が突然成長を始めた原因は何だ？　何か、このような劇的な変化をもたらすものは……あっ！」

その時私の頭の中に一人の若者の顔が思い浮かんだ。

そしてその光景が思い浮かんだのは私だけではなかったらしく、リリエラ殿達もまた顔を青くしてこちらに視線を向けてくる。

「私、この状況の原因になった人に心当たりがあるんだけど……」

「奇遇ね、私もよ」

「私も一人思い当たる」

成る程、ではやはりそういう事なのか……だが一体何故そのような事を……

そうして彼の動機が理解出来ない事に思い悩んでいると、リリエラ殿達に貸している宿代わりの家の扉が開いだ。

「ふぁーっ、まだちょっと眠いや」

レクス殿だ。どうやら今まで眠っていたらしい。

「レクス殿、聞きたい事があるのだが」

「あっ、おはようございますシャラーザさん。聞きたい事って何ですか？」

「そ、それがだな……」

私はわずかに逡巡《しゅんじゅん》する。

この町を守る為に尽力してくれているレクス殿を疑うような事を言っていいのだろうか？

そもそも人一人に世界樹という巨大な存在をどうこう出来るものだろうか？

くっ！　ええい！　私は郷を守る守り人だ！　ここで聞かずにどうする!!

「レ、レクス殿！　昨夜は何をしていたのだ？　世界樹のこの状況について何か知っていないか!?」

頼む！　無実であってくれ！

「昨日ですか？　昨日は世界樹に肥料をやってました」

「っあぁぁぁぁぁぁぁぁぁぁぁぁぁっ‼」

だが無情にもレクス殿はあっさりと自分がこの件に関わっていると白状した。

私が思わず叫んだ気持ちを察して頂きたい。

「おー、結構大きくなりましたね」

それどころか世界樹が成長した事を無邪気に喜んでいる。

わ、分からん！　レクス殿が何を考えているのか！

「やっぱりレクスが原因かぁ……」

「ねぇレクスさん。何で世界樹を成長させたの？」

リリエラ殿達が躊躇うことなくレクス殿に事情を聞く。

い、一体どんな凄まじい理由があるのだ？

「ああそれですか、シャラーザさん達の報酬の為ですよ」

「「「「報酬？」」」」

我々の？　どういう意味だ？

「昨日エルフの人達への訓練を頼まれた際に、報酬は素材で支払うって言ってたじゃないですか」

確かに言った。

「さらに僕達に対して優先的に素材を提供してくれるとも約束してくれました」

ああ、その話もしたな。

しかし、とレクス殿は続ける。

「でもこの未成熟な世界樹じゃ大した量を精製出来ないので、僕達に素材を提供したら郷の人達が使う分がなくなっちゃうんです。なので世界樹を大きくして素材の収穫量を増やす事で、僕達が素材を提供してもらっても郷の人達の使う分を確保出来ると思ったんですよ」

成る程、それで世界樹を大きくしたの……か。

「って、それだけぇぇぇぇぇぇぇぇぇ!?」

ええ!?　そんな理由で世界樹を成長させたのか!?

もっと凄い理由とかないのか!?　郷を魔物から守る為にあえて成長させたとかそういう重要な理由は!?

たったそれだけの理由で世界樹を成長させるという偉業を成し遂げたのか!?

「理由ってそれだけ？」

「はい、それだけですよ？」

はい！　本当に大した理由じゃなかったぁぁぁぁぁぁぁぁっ!!

こうしてレクス殿は世界樹を瞬く間に成長させてしまったのだった。

……あっ、我々の事を考えてくれたのは感謝しているぞ。しているのだが……長老達にはなんと説明しよう。

「事情を説明して信じてくれるかなぁ……」

第214話　避ける、近づく、近づく、壊れる

「ではエリクサーの作り方を説明しますね」

「「「はいっ!!」」」

枝街に作られた集会場に、何十人ものエルフ達が集まっていた。

これだけの人数が集まったと言う事は、やっぱりいざという時の為に技術の蓄積をしたいんだろうね。

「まずエリクサーのレシピですが、今回は世界樹から得られる素材だけで作れるものにしてあります」

「世界樹から得られる素材だけ？　ええと、もしかしてエリクサーの作り方って複数あるんですか？」

僕の説明に、若いエルフの戦士が首を傾げる。

「はい。エリクサーはポーションの一種なので、その土地で用意出来る材料で作るのが一般的です。土地によっては家ごとにエリクサーのレシピが違う事もありますよ」

「家ごとにレシピが違う!?」

「そ、外の世界ではそんなにエリクサーが普及しているのか!?」

何故かエルフ達がエリクサーに複数のレシピがある事に驚いている。

おかしいな、エルフ達も自分達のレシピを持っている筈だけど……あっ、そうか。

彼等は過去の災厄が原因で知識の一部を失っているらしいし、恐らく同じレシピを使う親戚ばかりが生き残り、違うレシピを使う家庭の大人は亡くなってしまったんだろう。

そして多少のレシピの違いは、次世代に受け継がれて行く間に一番効果の高いエリクサーのレシピに淘汰されてしまったのかもしれない。

けれど様々な事情で素材が手に入らなくなり、本来なら今ある材料で作れた筈のエリクサーが作れなくなってしまったんだろうね。

「よもや、我々が森に籠っている間に外の世界ではそんな事になっていたとは……!!」

「いや、それはホント一部の土地だけだと思うわよ」

そうだね、リリエラさんの言う通り、色々な不幸が重なってこうなってしまったんだ。

森の外で暮らしていたらそんな事にはならなかったんだろうけど、これぱっかりは運が悪かったとしか言いようがないね。

「あー、そう言えば兄貴の村で怪我をした時に飲んだポーション、やたらとよく効いたよな。あれってもしかして……」

と、ジャイロ君が僕の村に滞在していた時に飲んだポーションの効能について呟く。

「あっ、止めて止めて。私の中ではあれはただの凄くよく効くポーションだから。それ以外真実は知りたくない！」

ミナさんには何やら魔法使い特有のこだわりがあるみたいだ。

まぁああいうのは他人には分からない職人のプライドみたいなものだし、そっとしておこう。

「エリクサーが沢山作れると希少性が減って値段が下がる……」

いやいや、エリクサーなんて家庭の常備薬だから、大した値段はつかないですよ。

「あの、レクスさん。この講義、僕も習って良いでしょうか？　教会の信者さんの治療に使いたいので」

「はい、良いですよ」

「ありがとうございます!!」

ノルブさんは流石だね。回復魔法の魔力が足りない時の為に複数のエリクサーのレシピを覚えておきたいんだろう。

土地によって手に入る素材は違うもんね。

皆が落ち着いたのを確認すると、僕は世界樹の素材を使ったエリクサーのレシピの説明を始める。

「こちらの素材ですが、それぞれ粉末にして使うものと、薬草の絞り汁と混ぜたものにします。そしてこちらの素材は……」

そうして一通りの説明を終えると、今度はエリクサー制作の実演を行う。あくまで説明の為なので、薬の質は二の次でゆっくりと作りながらもう一度手順の説明を行う。

「……で、これを混ぜれば完成です。とっても簡単でしょう？　では次は皆さんが作ってみてください」

「「「はい!!」」」

エルフ達は会場に用意されたテーブルに集まり、思い思いにエリクサー作りに挑み始める。

「へぇー、エリクサーって意外と簡単に作れるんだな」

「だよな。伝説の薬っていうから、もっと大変かと思ってたよ」

そうして暫くしたら全員がエリクサーを完成させた。

一人ずつ確認していき、皆のエリクサーがちゃんと成功している事を確認する。

「皆さん問題ない出来です」

「「「おおーっ!!」」」

「マジかよ！　俺エリクサー作っちまったぜ！」

「俺がエリクサーを作ったのか……」

「へへっ、これがあればもう怪我も怖くねぇな！」

うん、皆さっそくやる気になってるね。

じゃあ次のステップに進むとしよう。

「では皆さんエリクサーも完成した事ですし、次は戦闘訓練に行きましょうか」

「「「はー……え？」」」

「はい、それじゃあ皆さん自分のエリクサーを持ってついてきてくださいねー」

そう言って皆を誘導すると、僕達は地上へやって来る。

「ではこれから魔物を誘導してきますので、皆さんには魔物と魔法を使わず戦ってもらいます」

「「「はっ!?」」」

「ちょっ、ちょっと待ってくれ！　魔法を使わない!?　無理だろそんなの!?」

さっそく訓練を始めようとしたら、エルフの戦士の一人が声を上げる。

「いえ、全然無理じゃないですよ」

「無理だって！　あの魔物の大きさはアンタだって知ってるだろ！　ドワーフのような頑丈な体がない俺達が魔法無しで戦ったら、あっという間にひき肉にされちまうよ！」

うーん、あの魔物程度の甲殻なら、普通に刃物で切れると思うけどなぁ。

ああでも若いエルフ達は郷の方針で精霊魔法での戦いに専念しているから、白兵戦だと不安になるのかもしれない。

人間初めてやる事には身構えちゃうからね。

「じゃあ、まずは僕が魔法無しで戦ってみせますね」

「え？」

そう、不安ならまずは出来ると言う前例を見せるのが重要だ。

アイツに出来るなら俺にも出来るんじゃないかなっていうイメージを持ってもらうんだ。

「ではこれから魔法無しの技術だけで戦いますね」

僕は森に入り、手ごろな魔物を誘導すると世界樹の下へ戻ってくる。

「では行きますよ！」

僕は魔法の袋からごく普通のナイフを一本だけ取り出して向かって行く。

「ナイフ一本！　無茶だ!!」

「まずは相手の動きを封じる為に、相手の関節の一番薄い部分を切ります！」

僕は魔物の膝の裏側にナイフを突き刺し、腱《けん》を斬る。

これで魔物はバランスを崩して倒れる。

「片足を止めて転ばしたらすぐに肩の関節を切ります！」

僕は魔物の肩の関節を切断して、相手が腕を振るえなくする。

「同様に反対側の足と肩の腱も切ります！」

同じ手順で反対側も処理する事で、魔物は身動きが出来なくなった。

「これで手足に関節のあるタイプの魔物は身動き出来なくなります。腱が深い部分にある場合は表面を何度も削って刃を届かせるか、大木を斬るように全体を削って最後は相手の自重を利用して切断するのも手です」

僕は動けなくなった魔物の上に乗ると、脳天にナイフを突き刺して完全に止《とど》めを刺す。

「あとは身動き出来なくなった相手の体をじっくり切断していけば、どんな大きな敵も最後には倒せます。ああ、でも毒や炎を吐くタイプの魔物もいるので、その辺りは気を付けてくださいね」

「こうやって見ると結構えげつない倒し方ねぇ」

「とまぁこんな感じで実演してみましたが、やってる事は結構簡単な事ばかりだったでしょう?」

「「「全然簡単じゃないです!!」」」

あれ? おかしいな。

特別な技術は使わず、単純に切るだけの実演だったんだけど。

「関節を斬るって簡単に言いますけど! そいつらは関節でも膜が固いからドワーフの斧でもないと簡単には切れませんよ!」

僕は皆の前で関節の裏側の薄い部分にナイフを突き刺して見せる。

「それはこう、関節の一番薄い部分をこうやって。ほら」

「マジだ。何でこれでナイフが刺さるんだ?」

「駄目だ、ぜんぜん刺さらねぇ」

さっそくやる気のあるエルフの戦士達が僕の倒した魔物の関節にナイフを差し込もうとするけど、場所が悪い所為で全然突き刺さらない。

この郷の若いエルフ達は完全分業制にしているから、こうした解体に関する知識は持っていないみたいだね。

「そこは硬い部分ですよ。ここを刺してみてください」

「いや場所を変えて……も!?」

無理だろうと言いたげなエルフの戦士だったけど、刃を当てた瞬間深々とナイフが沈んでいく。

「「「刺さった!?」」」

「おい、お前なんかしたのか!?」

他のエルフの戦士がイカサマでもしてるんじゃないかって目を丸くしているけど、イカサマなんてする意味ないですよ？

「い、いや、何もしてねぇよ!?」

「嘘つけ！　ナイフ刺しただろ！」

「いや刺したけどさ!?」

「とまぁこんな風に刺す場所を見極めれば、ナイフで魔物の固い殻を貫く事も出来ます。ねっ、簡単だったでしょう？」

「「「だからどうやってんですか!?」」」

うーん、この郷のエルフ達は自己評価が低いなぁ。

彼等の実力ならもっと出来ると思うんだけど。

「あー、懐かしいわー。私もあんなだったのよねー」

と、僕達のやり取りを見ていたリリエラさんが感慨深そうに見つめていた。

「あっ、そうだ。次はリリエラさんにもやってもらいましょう」

「はっ!? 私!?」

「リリエラさんは若くしてAランク冒険者になった腕利きですから、この程度余裕ですよ」

「「「ほう……」」」

エルフの戦士達の視線がリリエラさんに集まっていく。

「え!? いや、その……」

「さ、どうぞリリエラさん！」

「「「じー……」」」

「わ、私には無理だからぁーっ!!」

けれどリリエラさんは目立つのが恥ずかしいのか、無理だと言って逃げてしまった。

そう言えばドラゴニアでも龍姫と勘違いされて恥ずかしがっていたなぁ。

リリエラさんはかなり恥ずかしがり屋さんみたいだ。

そんな風にああでもないこうでもないとエルフ達と話し込んでいたら、探査魔法に魔物の群れが近づいてくる感覚を感じた。

「あっ、ちょうど魔物の群れが来たみたいですね。それじゃあさっそく訓練を始めましょうか。マジックシーリング!!」

僕は訓練の為に魔法封印魔法を周囲に展開する。

「魔法を使えなくしたので、皆さんうっかり魔法を使おうとしないように気を付けてくださいね。戦闘中の隙が大きくなりますから」

「魔法を……使えなくした？」

若いエルフの戦士達は魔法を封じられたという言葉に首を傾げるが、魔物が雄叫びを上げて襲ってくる姿を見た瞬間、とっさに精霊魔法を唱える。

「火の精霊よ！　かの魔物を燃え上がらせたまえ！」

けれど彼等の呼びかけに精霊達は全く答える様子も見せず、魔法が発動する事はなかった。

「ほ、本当に魔法が使えないぞ!?」

「ど、どうすればいいんだ!?」

「皆さん避けないと死にますよー」

「え？　う、うわぁぁぁぁっ!!」

突撃してきた魔物達を間一髪で回避するエルフ達。

「む、無理無理無理無理!!　当たったら死んでしまいますよ!?」

エルフ達がこのままでは負けると力説し、魔法を使えるようにして欲しいと頼んでくる。

「大丈夫ですよ皆さん！　その為にエリクサーを持ってきたんですから！」

「は？」

一瞬どういう意味だと首を傾げたエルフの若い戦士達だったけど、すぐにその意味を察して顔を青くする。

「そ、それってまさか、怪我をしたらエリクサーで治せって事ですか？」

「はい、そういう事です。エリクサー作りと実戦訓練は集団戦闘の基本ですからね」

「「「どこの地獄の基本ですかそれ!?」」」

え？　騎士団とか戦士団とかなら割と普通の話だよね？

「あんな巨体の攻撃が当たったら、エリクサーを飲む前に死んじゃいますよ!!」

エルフの若い戦士達が無理だ無理だと駄々をこねる。

成る程、若い人の自己評価の低さもあってシャラーザさんは僕に訓練を依頼してきたんだね。

専業化も良い部分だけじゃないんだね。

「じゃあこうしましょう。ワイドジャストロープロテクション!!」

「こ、これは!?」

僕は皆に範囲系の防御魔法を発動させる。

「今皆さんに下級範囲極限防御魔法をかけました」

「か、下級範囲極限防御魔法？　何ですかそれ？」

「この防御魔法は範囲内の味方が即死レベルの攻撃を受けてもギリギリ瀕死《ひんし》で生き残る魔法です」

「「「なんでそんな微妙な効果なんですか!?」」」

あはは、気持ちは分かるよ。

僕も魔法の制作を依頼された時にそう思ったから。

「昔とある国の将軍が、新兵が訓練だからと言って危機感がないので、ギリギリで死なない修羅場を経験させたいと作らせた魔法なんですよ」

「「「ソイツの性格最悪なのでは⁉」」」

いやまぁ、かなり悪質な人だったのは確か……かな。

でも実績はあったし、やってみると理にかなった行動だったりしたからね。

それに、方法こそ悪質だったものの、本人は完全に善意でやってたんだよぉ。

若者に死んで欲しくない！　とか言って。

「ともあれ、これで皆さんは万が一にも死ぬ事はなくなったので、大きな傷を負ったらエリクサーで回復してください。そうする事で戦闘訓練だけでなく、自分が作るエリクサーの効果量が体感で理解出来るようになりますから」

「体感でって……」

「あっ、よそ見してると危ないですよ皆さん」

「「「え？」」」

僕との会話に夢中になっていたエルフの若い戦士達に魔物が襲い掛かる。

キュルルルガァッ!!

「「「ぐわぁぁぁぁぁぁっ!!」」」

そして回避する間もなく吹き飛ばされ、砦の壁に叩きつけられる。

でも僕のかけた下級範囲極限防御魔法のお陰で、皆重傷だけど死ぬことはない。

「う……い、生きて……る」

「た、助かっ……た?」

とはいえ、ギリギリで持ちこたえる為の魔法だから、直撃のダメージは大きい。

「い、痛ぇ、痛ぇよ……あ、足が変な方向向いて……」

「皆さん早くエリクサーを飲んで回復してください。でないとまた魔物が来ますよー!」

「ひぃっ!? え、エリクサー! エリクサーを!」

また魔物が接近してくる姿を見たエルフの若い戦士達は、慌ててエリクサーを口にする。

「ゴクゴクッ!!」

すると若いエルフの戦士達がほのかに輝きだし、見る見る間に傷が癒えていった。

うん、ちゃんと効果を発揮したね。

「お、おお!? 傷が治った!?」

「あ、足が治った!? よ、良かった……」

「皆さん魔物が来ましたよー!」

けれど魔物を退治したわけじゃないから、すぐにまた襲われてピンチになる若いエルフの戦士達。

「「「ひぇぇぇぇぇぇっ!!」」」

けれど皆が逃げ惑うわけじゃない。

「くっ！　やってやる！　やってやるぞ！」

勇敢な若いエルフの戦士が魔物に向かって行き、間一髪で敵の攻撃を回避すると、すぐさま反撃に移る……んだけど。

カキンッ！

狙いどころが悪かったらしく、弾き返されてしまった。

「落ち着いて！　動きながら甲殻の薄い部分を見極めてください！」

「で、出来るかぁぁぁぁ!!」

「やっぱ無理だぁぁぁぁっ!!」

キユガァアアアッ!!

と、叫んでいる間に魔物に吹き飛ばされる若いエルフの戦士達。

「「「うわぁぁぁぁぁっ!!」」」

そして地面や壁に叩きつけられたエルフ達がまた瀕死になる。

「し、死ぬ、死んでしまう……」

「ひぎゃぁぁぁぁ!!」

「た、助け、助け……て」

「くそっ！　刺され！　刺され!!」

「うわぁぁぁぁぁっ!!」

彼等は必死でエリクサーを飲んで傷を癒しては、必死の形相で魔物に向かって行く。

そんな光景を見ていたリリエラさんがポツリと呟く。

「……地獄絵図だわ」

「私達もあんな感じだった……のよね？」

「おお、神よ。彼等の心をお救いください」

「あんまり滅茶苦茶に攻撃すると、せっかくの魔物の素材が傷……つかないからいいか」

リリエラさんとミナさんは自分達が特訓をしていた時の事を思い出しているみたいで、感慨深げな表情だ。

対してノルブさんは必死で修行をしている若いエルフの戦士達の成長を祈っている。

メグリさんは……まぁいつも通りだね。

そしていつも通りといえばもう一人。

「なぁなぁ兄貴、俺も参加しちゃ駄目かな？」

「キュウキュウ!!」

ジャイロ君とモフモフが自分達も戦いたそうに僕に聞いてきた。

「えっと、ここの魔物は彼等の獲物だから、外から追加で来る魔物はいいよ」

「やったー！」

「キュキュー！」

許可を得た二人はさっそく霧の向こうからやって来た魔物に向かって行く。

「あっ、リリエラさん、モフモフが森の奥に飛び出さないように監督をお願いします」

「分かったわ」

そうなんだよね。何故かここに来てからと言うもの、モフモフがやたらと森に入ろうとするんだ。

何か気になるものでもあるのかな？

そんな風に戦場を観察していると、若いエルフの戦士達に変化が起こった。

「ひ、ひひ……死なない、死ねないんだ……だったら、お前が死ぬまでやってやらぁぁぁ!!」

「ここか？　違うか、ならこっちか？　げぶぉっ!?　エ、エリクシャァ……ぐびっ、よし、次はここだ」

「ヒャッハァァァァァ！　刺さったぞぉぉぉ！」

「へ、へへへっ、エリクサーさえあれば怪我は治るんだ……お前等なんて怖くねぇ!!」

これまでパニックに陥っていたり、勝てるわけがないと逃げ惑っていた若いエルフの戦士達だったんだけど、彼等は何度も死にかけた事で極限防御魔法の加護とエリクサーの効果を実感したらしく、死なないならいつかは勝てると果敢に魔物に挑みだしたんだ。

「うん、ようやく自分達の本当の実力に気付いたんだね。そう、貴方達は自分で思っているよりもずっと強いんだよ。可能性を自分で狭めるには早すぎるのさ」

全ての若いエルフの戦士達が、傷を負う事を厭わず紙一重で魔物の攻撃を回避し、魔物の関節にナイフを突き刺し始める。

その姿は、かつて僕が共に戦った事のある、あの懐かしきエルフ達を思い出す雄々しさだった。

「ふひひひっ！　分かる！　お前の脆い部分が分かるぞぉー！」

「攻撃が通じるようになればこっちのもんだ！　今度は俺達がお前達をビビらせてやるぜぇーっ!!」

「キュ、キュガ!?」

「「「魔物は皆殺しだぁぁぁぁぁ!!」」」

「キュガァァァァァァッ!!」

霧の森の中で、エルフと魔物の雄叫びが木霊《こだま》していた。

第215話　森の奥に潜むモノ

「ヒャーッハッハッハッハァー！　魔物は殲滅だぁー！」

現れた魔物の群れに、エルフの若い戦士達が向かって行く。

「切る斬る切る斬るぁぁぁぁぁぁ!!」

彼等は魔物の攻撃を紙一重でかわし、避け損なった者はエリクサーを飲んで回復したらまた向かって行く。

そして魔物に取りついてその体を確実に解体していった。

「クギャアァァァァン!!」

「勝ったぞぉぉぉぉぉ!!」

「ヒヒヒヒヒヒヒッ!!　俺達の勝利だぁーっ!!」

こうして今日も郷の平和は守られた。

最近ではエルフとドワーフ達が率先して戦うので、僕達は後方で待機してちょっと退屈だ。

でも若い戦士達が一人前になって命を散らす事がなくなるのはいつの時代も良い事だよね。

「キュッキュウ！」

　そんな中、モフモフが魔物の肉を咥《くわ》えながら郷から出て行こうとしたので、僕はその体を持ち上げて止める。

　そしてモフモフが出て行こうとした方角を見つめる。

「うーん、そろそろかな」

◆

「うん、これならいけるかな」

　成長した世界樹の根を確認し、そろそろ頃合いだと確認する。

「レクス殿、何かありましたか？」

　僕がやって来た事で、何か起きたのかと郷を守っているエルフの戦士達がやって来る。

「いえ、そろそろ新しい素材が手に入りそうだったので確認に来たんです」

「新しい素材？」

「ええ」

　さて、それじゃあ素材を回収するかな。

「この辺りから行こうか。アースヴェイン！」

魔力の発動と共に、地面がうねり穴が開いてゆく。

「なんだ!?　地面に穴が!?」

穴は人間が入れるくらいの大きさがあり、僕はそこに入る。

穴の中は真っすぐではなく、グネグネと曲がりくねっていた。

でもそれでいいんだ。

この魔法は地脈街道魔法、アースヴェイン。

安全で地下周辺の自然の植生に悪影響を与えない為の掘削魔法だ。

この魔法を使うと、近くにある植物の根を避けたり、モグラのような土の中で生活する生き物の通り道を自動で避けてくれる。

その分穴がこんな風にグネグネと曲がりくねっちゃうんだけどね。

「よし、到着」

到着したのは世界樹の真下。それもど真ん中だ。

僕は真上に広がる世界樹の根に触れると、拳に魔力を流してコンコンと叩く。

すると拳の魔力が波紋のように世界樹の中で広がってゆく。

すると、リンッと何かが僕の魔力に触れた感触を感じる。

「あった」

うん、やっぱりここにあったね。

「じゃあ、ちょっとだけ削らせてもらうよ。スパイラルニードル」

かざした手の先から、超高速で回転する魔力の錐《きり》が世界樹の根を掘り進んでゆく。

魔力の錐はまるでバターに針を刺すような勢いで世界樹の根に食い込んでゆく。

「ここからはゆっくりと」

お目当てのものまで近づいたところで、押し込む勢いを弱める。

そしてギリギリまで削った所で、根の抵抗が一切なくなる。

「よし」

すぐに魔法を解除すると、魔法の袋から魔物の腸で作った袋を取り出し、穴の真下で口を開いて構える。

すると穴からトロリと液体がこぼれて来た。

「さて、どのくらい手に入るかな」

この世界樹は急成長したばかりでまだ若いし、あまり大量には採取出来ないだろう。でも目的を達するには十分な量を確保出来る筈だ。

「……よし、こんなものでいいかな」

必要量を採取した僕は、近くに埋まっていた石を削って穴に差し込む。

これでまた必要になった時は簡単に採取出来るね。

「おお、無事だったか！」

穴から出てくると、エルフの戦士達がホッとした顔でため息を吐く。

「無事って、ちょっと素材を採取してただけですよ。それじゃあ僕はちょっと鍛冶場に用があるんで失礼します」

「あっ、ちょっ、結局素材って何だったんだよー！」

◆

「おお、こりゃレクス名誉国王陛下じゃないですか」

鍛冶場にやって来ると、中にいたドワーフ達が一斉に作業を止めてこちらに頭を下げてくる。

「だからそれは止めてくださいって。それよりも作業場を使わせてもらっていいですか？」

「勿論ですとも！　どこでも好きな場所を使ってください！」

ドワーフ達が我先にと立ち上がり、僕に席を譲ろうとしてくるので、慌てて止める。

「いやいや、皆さんは自分の作業に戻っててください。僕はそこの空いてる炉の辺りを使わせてもらえば問題ありませんから」

「そうですか……」

僕が断ると、何故かドワーフ達は残念そうに肩を落としながら座り直す。

「さて、それじゃあ準備するかな」

まずは炉に前金として譲り受けたミスリルを入れる。

素材の基本はこれを使う。

ミスリルの準備を待つ間に、龍峰で採取したゴールデンドラゴンの鱗《うろこ》と東国で討伐したボルカニックタートルの甲羅の欠片を取りだし、こちらは砕いて粉末にする。

「レクス名誉国王陛下、その薄っぺらい金の板は何に使うんですかい？」

ゴールデンドラゴンの鱗に興味を持ったドワーフ達が好奇心を刺激されたのかやって来る。

見知らぬ素材に興味を示すのはドワーフの本能だもんね。

「ゴールデンドラゴンの鱗とボルカニックタートルの甲羅を粉末にしてミスリルに混ぜるんです。ミスリルは魔力を通す触媒としては優秀ですが、武器として使うには他の素材と混ぜた方がいいので」

「ええ!?　ミスリルに他の素材を混ぜるんですか!?」

「ミスリルってそのまま使った方がいいんじゃないのか？」

「いえ、ミスリルの武器といえば有名ですが、実際のミスリルは鉄に比べると柔らかいので、そのまま使うと強度に不安が残るんです。だから他の素材を混ぜて合金にするのが適切な使用法なんですよ」

「ほぉー、そうだったんですか。ここじゃミスリルは貴重だから、扱う機会がなくて知りませんでしたぜ」

ミスリルを扱う機会がないか。

普通なら、ドワーフにとってミスリルは当たり前のように扱う素材だ。

それを知らないというのも、この環境とそれに世界樹が小さかったせいだろうね。

「でもこれからは大きくなった世界樹から十分な量のミスリルが採取出来ますよ」

「ミスリルが!?　そりゃ本当ですかい!?」

ミスリルが採取出来ると聞いて、ドワーフ達が目を丸くする。

「ええ、世界樹はあらゆる素材を内包する雑そ、植物です。これまでもミスリルを内包してはいたんですが、含まれる量が鉄と比べて非常に少なくて誰も気付けなかったんでしょう。でもこれからは鉄の精製と共にミスリルも精製出来るようになりますよ」

「「「おおぉぉぉぉぉぉっ!!」」」

それを聞いてドワーフ達が興奮の雄叫びを上げる。

「マジかよ、ミスリルも精製出来るようになるってよ！」

「って事は俺達もミスリルを扱えるって事か！　長の家に後生大事に飾ってあったヤツを見て加工してぇーっ！　って悶えなくてもよくなるのか！」

「うほーっ！　堪まんねぇぜ！」

既にドワーフ達は自分達がミスリルを扱う時を想像して、無意識に手を動かしている、

「あっ、でも普通の鉄だと魔力の通りがあまりよくないので、ミスリルの特性を阻害してしまいま

す。組み合わせる素材には気を付けてくださいね」

「え？　鉄は駄目なんですかい？」

ミスリルに鉄は向かないと言われ、ドワーフ達が困惑する。

「って事は青銅とかか？」

「いや、魔物素材もありじゃないか？　レクス名誉国王陛下もドラゴンの鱗やボル何とかって亀の甲羅を使うって言ってたろ？」

流石ドワーフ、使い慣れた鉄が駄目ならすぐに魔物素材に切り替えた。

実際魔物素材は魔力と親和性の高いものが多いからね。

「ええ、ドラゴンは生きる魔力の塊ですからね。その中でも最高位と言われるゴールデンドラゴンの素材が手持ちの中で一番適性が高かったんです」

純粋に魔力の通りが良く、硬度も備えている素材となると他にもあるけれどね。

「成る程、だからドラゴンの素材で……ん、あれ？　ドラゴン？」

すると何かが引っかかったのか、ドワーフ達があれ？　と首を傾げる。

「どうかしましたか？」

「あー、いや、今、ドラゴンって言いましたか？」

「ええ、言いましたよ。ゴールデンドラゴンです」

「ゴールデン……ドラゴンッッ!?」

何故か、ドラゴンの部分にやたらと力を入れて叫ぶドワーフ達。

「ド、ドドドラゴンってあのドラゴンですかい!?」

「ええ、そのドラゴンですよ」

「しかもゴールデン!?　俺の記憶が確かなら、確か一番強いドラゴンじゃねぇですか!!」

確かにゴールデンドラゴンはドラゴンの中でも最強の一角とされるドラゴンだ。

ただそれは、群れを率いるリーダーとしての資質を持つ者という意味でもあるから、単純な強さだけで考えればゴールデンドラゴンよりも強いドラゴンは意外といるんだけどね。

「はっ、そうか！　あれですね。ドラゴンの巣に落ちてた鱗を採取したって事ですね！」

「成る程、それならドラゴン相手でも素材を採取出来るか！」

「そういう事か。しかし流石はレクス名誉国王陛下。素材を得る為にそんな危険な魔物の巣に飛び込むとは……」

「あ、いえ。普通に倒したら懐《なつ》かれたので、本人同意で鱗の手入れをして不要になった物を貰いました」

「成る程ぉ、鱗の手入れをしたんで……」

「「「って、それどういう状況ぉぉぉぉぉぉぉっ!?」」」

うん、あれには僕もビックリしたよ。まさかドラゴンがあんな風に人を認めて懐いてくるとは思わなかったからね。

「くっ、スケールが違い過ぎる……レクス名誉国王陛下にとっちゃ、ドラゴンすらそこら辺の犬猫と一緒ってことなのか」

いやいや、流石にドラゴンと犬猫を一緒にしたりしませんって。

「も、もしかして、さっきのボル何とか亀ってのもヤバイ魔物なんですかい？」

「いえ、ボルカニックタートルは大した魔物じゃありませんよ。火山内の溶岩で暮らしていて、ちょっと地脈の力を吸収したり、火山を噴火させて周辺の生き物を焼き殺した後で食べる程度ですから」

「全然大した事あるぅぅぅぅぅぅぅぅぅぅぅ!!」

いや、同じ火属性のボルカニックタイガーに比べれば本当に大した事ないですよ？

あっちは単体で世界に壊滅的な災害を巻き起こす大魔獣ですし。

おっといけない。そろそろ作業に戻らないと。

溶かしたミスリルを混ぜ、ゴールデンドラゴンの鱗とボルカニックタートルの甲羅の粉末を混ぜる。

そして十分混ざった所で、さっき採取したものを注ぐ。

「っ!?　レクス名誉国王陛下、今入れたのはなんですか？」

パニックに陥っていたドワーフ達だったけれど、僕が新たな素材を投入した事に目ざとく気付いて尋ねてくる。

「これは世界樹の芯から採取した樹液ですよ」

「世界樹の樹液？　そんなもんがなんかの役に立つんですかい？」

「ええ、世界樹の芯から採れる樹液は、中央の最も密度の高い部分から採っている為に高密度の素材で満ちているんです」

「ほう、そういうものなんですかい」

ドワーフ達は世界樹の芯の樹液が混ざったミスリル合金を興味深げに見つめる。

「でも芯から採れる樹液の有用性はそこではなく、素材のつなぎとして非常に優れている部分にあるんですよ」

そう、世界樹の芯から採れた樹液は、素材同士の接着剤のような役割を果たすんだ。

「世界樹の芯から採れた樹液を合金に混ぜると、通常の合金よりもさらに性能が良くなるんです」

「世界樹の樹液にそんな効能があったのか！」

「ただ、世界樹の芯の樹液が十分な効果を発揮するには、世界樹がある程度の大きさに達していないといけないんです」

「世界樹の大きさが？　……って事はまさか、レクス名誉国王陛下が世界樹を大きくしたのは!!」

ここまで聞いたドワーフ達は、すぐに僕が世界樹を大きくした理由にピンと来たようだ。

「ええ、世界樹の芯の樹液を採取出来るようにする為です」

「「「やる事がデカすぎるぅぅぅぅぅぅぅっ!!」」」

◆

それからの作業は早かった。

素材が変わっただけでやる事はいつもの作業と同じだからね。

ただ、今回はドワーフの皆が見ているから、作業の度に、

「レクス名誉国王陛下、今の手順は何の意味があるんですかい？」

「何だ今の鎚の動きは!?　一回しか叩いてないのにまるで連打したような音が!?」

「うっそだろ!?　なんだよあの研ぎ!?　明らかに俺達の研ぎと音が違う！」

と、ドワーフ達が驚いたり詳しい手順を尋ねられたりでいつもより時間がかかったったんだよね。

ともあれ、後は外装を仕上げて握り手の部分を微調整すれば……

「よし、完成」

「「「おおぉぉぉぉぉぉぉっ!!」」」

剣が完成しただけなのに、皆が歓声を上げる。まったく、皆大げさだなぁ。

「うぉぉぉっ！　儂は幸せ者《もん》じゃ!!　生きている間にあんな鍛冶を見る事が出来るとは!!」

そして気が付けば真後ろで凝視していたドワーフの長がおんおんと派手に涙を流していた。

いやいや、だから大げさですって……って、他のドワーフ達も泣いてる!?

「感無量じゃー」

「儂もう死んでもいい」

「ほんに眼福じゃったのー」

いやいやいや、死んだら駄目だからね！

まったく、本当にドワーフは鍛冶の事になると我を忘れちゃうんだから。

でも、前世で師匠から教わった鍛冶の技術が今のドワーフ達の役にたつのなら、教わった甲斐があるってものかな。

◆

「郷の防衛体制も整ったので、僕は森に探索に行こうと思います」

剣が完成し、若いエルフの戦士達も戦いに慣れてきた事で、僕は長達に森の調査を進言した。

「レクス殿、流石にそれは危険すぎる。森の中は魔物の巣窟だぞ！」

「うむ、お主等が若い者達を鍛えてくれたおかげで、見違える程強くなったとはいえ……いやあれを素直に強くなったと言っていいのかはちょっと、ああいやそうではない。森に入るのは危険と言う話だ。過去にも戦士達が郷にたどり着く前に外で魔物を倒そうとして大変な目に遭ったのだ」

シャラーザさんだけでなく、長達も外に出るのは危険だと止めてくる。

「その通りだ。レクス名誉国王陛下の気持ちも分かるが、森の外に出るのは危険すぎる。魔物の襲撃が一段落するまで郷に籠って迎撃するべきだろう」

それはそれとして、ドワーフの長はその呼び方止めてくれないかなぁ。

「皆さんの言いたい事は分かります。でも僕はその危険を差し引いても調査するべきだと思うんです」

「調査？　討伐ではなくか？」

「はい。ここに来てから僕は探査魔法で周囲の状況を把握してきたんですが、ここ最近郷の周辺をうろつく魔物の数が加速度的に増えてきているんです」

「それは本当かレクス殿!?」

「ええ。今はまだ郷に気付かずうろついているだけですが、郷を見つけた魔物が仲間を呼んで一気に攻めてきたら、これまでとは比べ物にならない大規模な襲撃になります」

「なんと……!?」

これまで以上の戦闘になると聞いて、長達の顔が青くなる。

「なので僕は魔物達を送り込んでくる元凶を探しに行こうと思うんです」

「元凶？　……まさか女王か!?」

それを聞いたシャラーザさんは、僕の狙いが魔物を産み出し続けているであろう女王種の魔物だと察する。

「ええ。魔物達は世界樹の実を狙っているそうですが、だとしても森の中の全ての魔物がここを狙ってくるのは気になります」

そもそも世界樹は世界最大の雑草と言われていたくらいだ。

世界樹を意図的に狙う魔物がいたのなら、前世の僕達は大喜びでその魔物を養殖しただろう。

「魔物はそこまで協調性のある存在じゃないですし、となると郷を狙うように命じている存在がいる筈です」

「誰かが魔物を操っているとでもいうのか!?」

例えば魔物使いと呼ばれる魔物を使役する存在もいる。可能性は高いだろう。

「もしくは、魔物の中に強力な力を持ったボスがいる場合です。群れを成す魔物の中には、非常に強い強制力のある命令を出せる魔物もいます。そういった魔物がいる群れは損害を度外視してボスの操り人形として動くんです」

そういったタイプの魔物は本当に厄介なんだよね。

しかもそういうのに限って、ボスの魔物の思考がねじ曲がってたりするんだ。

子供だけを狙ったり、特定の病気に罹った人間だけを喰らう為に自分で病気を広めたりとかさ。

「しかしそれでも危険すぎる。調査に出ると言う事は、それだけ郷から離れると言う事だろう? ならば郷の近くに遠征して魔物を削るほうが安全ではないか?」

ドワーフ王の提案はもっともだ。

魔物のボスがどこにいるのか分からないなら、先に敵の数を削った方がいい。

でも今回は僕にもアテがあるんだよね。

「それなんですが、ここに来てからと言うものモフモフが何度も森の外に出ようとするんです。それも決まって同じ方向に」

「同じ方向？　それは一体？」

「モフモフは魔物がどちらの方向から攻めてきても、必ず同じ方向に出て行こうとするんです。まるでそちらに何かがあると言わんばかりに」

「それが魔物のボスと言う事か」

「恐らくは」

そう、モフモフがこんな興味を示したのは今回が初めてだ。

仮に魔物のボスを見つけられなかったとしても、何かを発見出来る可能性が高い。

「幸い、エルフの若い戦士達も自分達の実力に自信を持てるようになりましたし、ドワーフの職人達も失った技術を取り戻してより良い装備を作れるようになりました。それにエリクサーを触媒にした肥料で食料問題も改善出来たので、籠城も容易になった筈です」

「う、うむその件については感謝してもしきれんところだ」

「なので郷の防衛体制が整った今こそ、魔物の襲撃が激化する前に魔物の本拠地を探索するべきだと判断したわけです」

「むぅ……」

僕の作戦を聞いた長達は、考え込むように口を閉ざす。

「……よかろう。魔物の元凶を探す探索の役目、お主に託す」

「はい！　任せてください！」

長達の承認を得た僕は、さっそく森へと向かう事にする。

「ま、待ってくれ！」

けれどそんな僕を、エルフの長が呼び止めた。

そしてゆっくりと立ち上がると、静かにこちらに頭を下げてくる。

「…………頼む」

絞り出すような、けれど必死な声で長が僕に頼む。

誇り高いエルフとは思えない、必死で、そして真摯な行動だった。

「任せてください！」

◆

「という訳で魔物の本拠地を探しに行くことにしたんだ」

集会所を出た僕は、エルフ達と訓練をしている皆と合流し、今後の方針を伝える。

「成る程！　ようやく俺達の出番だな！　腕が鳴るぜ！」

「最近はエルフ達に活躍の機会を譲って退屈だったからちょうど良いわね」

ようやく出番だとやる気になっていて申し訳ないんだけど、僕は皆を止める。

「いや、この役目、僕とモフモフだけで行こうと思っているんだ」

「え!?　なんでだよ兄貴!?」

「そうよ。今は私達も必要ないみたいだし、それならレクスさんと一緒に行った方が良くない？」

納得がいかないと、皆からブーイングが起きる。

「今回の探索はモフモフの感覚だよりだからね。モフモフについて行って発見したら一旦戻るから、人数は必要ないんだ。寧ろ魔物に見つかった時にすぐに逃げて隠れる事が出来るよう、少数精鋭で行った方がいい」

「ああ、そうなると僕は行かない方がいいですね」

「私も止めておいた方がいいわね」

僕の説明を聞いて、脚に自信のないノルブさんとミナさんが参加を諦める。

「けど俺達なら大丈夫だろ！　兄貴にだってついていけるぜ！」

「アンタはうるさいから無理じゃない？」

「そんな事ねぇって！」

リリエラさん、ジャイロ君、メグリさんはついてくる気満々かな。

「ううん、ジャイロ君達にも残ってやって欲しい事があるんだ」

「やって欲しい事って？」

「ここ最近、郷の周囲をうろつく魔物の数がかなり増えているんだ。恐らく近いうちに大攻勢がある」

「「「「っ!?」」」」

大攻勢と聞いて、皆の顔色が変わる。

「だからいざという時の為に皆には郷で待機しておいて欲しいんだ」

「成る程ね。確かにそういう事なら戦力は残しておきたいか」

「うん。こればっかりは一人じゃ出来ない事なんだ」

そう、こういった状況の時、前世の僕だったら国の騎士団に任せればよかった。

彼等は役目として僕の後ろを守ってくれたから、憂いなく一人で戦えた。

けれど今の僕は何の後ろ盾も権力もない冒険者だ。

頼れるのは自分の力とそして……

「仲間の皆に頼りたいんだ」

「「っっっ!!」」

僕からの頼みを聞いたジャイロ君達がハッとなる。

「俺が！　兄貴の！　仲間！　兄貴は今！　俺を頼ってくれてるんだな!!」

「そ、そう。レクスさんが私を……へ、へー、そんなに頼りにしてくれてたんだ」

「「ふ、ふへへへへへ」」

「んっ、任せる」

メグリさんが親指を立てて任せとけと僕に笑みを見せる。

「おうよ！　俺に任せとけ兄貴！」

「そうよ！　魔物なんて何百匹やって来ても私が何とかしてあげるわ！」

そしてジャイロ君とリリエラさんも気合満点の顔つきで防衛を引き受けてくれた。

うん、皆が守ってくれているのなら、僕も安心して出発出来るよ！

◆

「じゃあ行ってきます」

「気を付けてねー！」

「郷の事は俺達に任せろよ兄貴ー!!」

「「「お任せくださいレクス師匠っっっっ!!」」」

「よーし！　行くよモフモフ！」

「キュウ!!」

皆に見送られ、僕とモフモフは郷を出る。

するとさっそく魔物の群れと遭遇した。

「やっぱり数が多いなぁ。これは郷に攻め入られないように、数を減らしながら移動した方がいいね」

「ギュウ!!」

僕は剣を抜きつつ牽制の魔法を魔物達に放つ。

「チェイスフリーズピラーズ!!」

森を傷つけないように追尾式の氷結魔法を放ち、魔物の群れを氷の柱に閉じ込めてゆく。

こうする事で凍り付いた魔物が障害物となって、郷を守る壁にもなるって寸法さ。

「ギュウウゥッ!!」

モフモフは属性強化で風を纏い、高速で魔物を翻弄しながら魔物を切り裂いてゆく。

「キュ一ッキユッキュッ!!」

久しぶりに大暴れ出来たからか、モフモフは大喜びだ。

やっぱりペットは定期的に外で自由に運動をさせないと駄目だね。

「さぁ、このまま突っ切るよモフモフ！」

「キュウ!!」

さぁ、新しい剣の試し切りだ!!

僕は凍り付かなかった魔物の脳天から剣を振り下ろす。

「って、え？」

すると意外なことに、一切の抵抗なくスルンと僕の剣は魔物の体を真っ二つにしてしまったんだ。

「なんだこの魔物!?　全然抵抗が無かったぞ!?」

見た目は堅そうな甲殻を備えた魔物なのに、その感触はゼリーか水を切っているような手ごたえの無さだった。

確かに僕の新しい剣は以前の剣よりも切れ味が良くなってる自信はあるけれど、それにしても異状な感触だ。

「前に戦った他の個体はそれなりに硬かったから、どうやら個体によって肉体性能が大きく異なる生態みたいだね」

これは厄介だぞ。柔らかいと思って油断したら、今度は物凄く硬い可能性もある。

あまりに簡単に切れすぎると、こっちがバランスを崩すし、そう思って動いたら今度は硬すぎて剣を折る可能性もあるんだから、なかなか一筋縄ではいかない魔物だ。

「でも、それならこっちも魔法を併用して戦うだけだよ！」

そう、何も剣にだけ頼る事はない。使える手段を全て使って戦うだけだからね！

◆

剣と魔法を併用し、油断なく魔物を倒しながら森を進んでいくと、モフモフがこっちだ！　と鳴き声を上げる。

「キュウ!!」

そして促されるままに進んでいくと、木々に隠れた場所に大きな穴が開いていたんだ。

「これは……地下道か」

地下へと続く大きな道には、馬車の轍《わだち》ならぬ魔物の足跡がいくつも付いている。

うん、これはアタリだね。

探査魔法で確認すれば、魔物の数が圧倒的に多い。

きっとここが魔物を産み出す親魔獣の住処《すみか》に違いないね。

「お手柄だよモフモフ」

「キュフゥーン！」

地下道を見つけたモフモフを褒めると、モフモフが誇らしげに胸を張る。

「それじゃあボスとご対面と行こうかな！」

第216話　純白の祝祭

◆モフモフ◆

我は魔物の王。

ご主人に妙に食欲をそそられる匂いのする木に連れてこられた。

だが我としては向こうの匂いの方が気になる。

我野菜より肉派なので。

匂いの場所に向かおうとする度にご主人に阻止されてきたのだが、気が変わったのか行っていい事になった。

同行者はご主人のみだ。

……チャァーンスッ!!

いいぞいいぞ！　ご主人一人なら、魔物と戦っている時にでも撒いてしまえばよい！

そして我は自由になるのだ！

……と思ったけど、ご主人は強かったよ。

どれだけ沢山の魔物が出てきても、ご主人は我から目を逸らすことなく、こちらの居場所を把握した状態で魔物達を倒していた。

ええい不甲斐ないぞ魔物共！　もっと頑張らんか！

仕方なしに我はご主人と共に匂いのする場所へと向かう。

たどり着いたのは地下への道だ。

そう言えば以前も我、地下で美味《うま》くて妙に力の出る肉を喰らったな。

もしかしたら我と地下って相性良いのかもしれない。

という訳で我はご主人と共に地下へと向かう。

我の目は暗闇も見通せる為、道に迷う心配はない。

何より自慢の鼻が魔物の居場所をはっきりと教えてくれるのだ。

うむ、匂いはどんどん濃くなって来ているな。

こっちの方が匂いが濃いな。うーん、こっちは匂いが薄い。

むむっ、道が分かれてるな。

大きいが匂いの薄い道と、小さいが匂いの濃い道だ。

小さい道はご主人には無理だな。我でギリギリといったところか。

ふむ、となると進むは……

もっちろん小さい方だよねーっ!!

だってお目当ての場所に早く着くには匂いの濃い方を選んだ方がいいのは当然だし！

でもうっかりご主人がついて来られなくてもそれはそれで仕方ないよね！　周りが暗くて我気付かなかったんだもーん!!

という訳で我は小さな道に飛び込んだ。

「※※※※!!」

後ろからご主人の声が聞こえたような気がするがきっと気の所為だよＮＥ!!

その時だった。突然地下道に激しい揺れが起きたのだ。

むっ!?　これはいかん！

我は野生の本能に従って奥へと進む。

ここにいてはいけない。今は全力で進めと我の本能が叫んだのだ。

全力で走っていくと、後方から激しい音と揺れとは違う震動が響いてきた。

音と振動はどんどん我に近づいてくる。

いかん、落盤か！

我は自身の体を風の魔法と炎の魔法を組み合わせて全力で押し出す。

空を飛ぶ時の要領で加速し、壁や曲がり角にぶつかりそうな時は風をクッションにして強引に曲がってゆく。

そうしてどれだけの時間走り続けただろうか。

気が付けば揺れも音も収まっていた。

ふぅ、何とか切り抜けられたか。

我は落盤を切り抜けた事に安堵する。

それと同時に、はぐれたご主人の事を思い出す。

いかなご主人といえど、あの落盤から逃れる事は無理だろう。

つまりご主人は……

やったぁぁぁぁぁぁぁぁぁぁぁぁーっ！　我自由の身だぁぁぁぁぁぁぁぁぁ!!

ヒュー ッ！　自然現象の落盤が相手じゃ流石のご主人と言えどもひとたまりもないよね！

いやー、心苦しいわー！　ご主人のご冥福をお祈りしますわー！

という訳で我はご主人の無念を悔やみつつも、奥へと進むことにしたのだった。

ご主人も我がここで足を止める事は望んでいないだろうからＮＥ!!

奥に進んでいくと、匂いはどんどん強くなっていった。

そして暫く進んでいくと、我は大きな空間に出た。

おおっ!?　これは!!

我が出たのは広間状になった空間の壁の上だった。

ちょうど我が出た部分が突き出していて、崖の途中に空いた穴のような感じになっていたらしい。

そして下では、無数の魔物達が蠢《うごめ》いていた。

おお、匂いの元はこの魔物達だったか！

ヒャッホー!!　ご馳走だぁー！

我は迷うことなく崖上から魔物目掛けて飛び込む。

飛び降りつつ魔法で自分の体を加速させ魔物の体に飛び込む、いや内部へと突き刺さる。

グギャァァァァ!?

四方八方から体に穴を開けられた魔物の悲鳴が響きわたる。

魔物は暴れて痛みの原因を取り除こうとするが、体内に潜り込んだ我をどうする事も出来ない。

そして痛みに転げまわりながら我に体内から貪り食われるのだった。

よーし、美味しい所は戴いたので次の魔物だ！

我は魔物の体内から飛び出すと、次の魔物の体内へと飛び込み、その肉を、モツを、骨を喰らう。

おー、この魔物はハツが美味いな！　こっちは皮を焼くとパリパリになって美味いな！

ああ、好き放題に魔物を食べ放題！　なんと幸せな時間なのだろう！

食事制限とかない生活サイコーッ!!

ゴギャァァァァ!?

仲間達が突然悶え苦しみ、肉を内側から貪り食われ息絶える姿を見て、魔物達が恐慌状態に陥る。

だがそんな事は知った事ではない。

我は気の向くままに目についた魔物達を美味しく頂いてゆく。

そんな時だった。

グルアァァァァオ!!

力ある雄叫びが地下空間に響き渡った。

グルォォォ……

するとこれまで恐慌状態に陥っていた魔物達が冷静さを取り戻す。

成る程、群れのボスのお出ましか。

現れたボスは、地下空間の魔物達の中でもひときわ大きい体の持ち主だった。

ボスは喰われている仲間ごと我を攻撃してきた。

当然我は危なげなく魔物の肉体から飛び出して攻撃を回避するが、逃げ遅れた魔物が真っ二つに切り裂かれる。

はははは。っ!　弱い仲間などどうでもいいと言う事か!

力ある者とはこうでなくてはな!

よかろう、我が相手になってやろう!

グギャォォォォッ!!

ボスは一足で我との距離を詰める。

その眼差しはどこに逃げても無駄だぞと言いたげだ。

だが、その考えは間違いだ。

逃げ場がないのは我ではない。お前だ。

我はボスの攻撃を正面から受け止めると、その腕をへし折る。

グギャァァァァ!?

よもや迎撃されるとは思わなかったのだろう。

ボスの悲鳴が地下空間に響きわたる。

もう少し遊んでやってもいいが、我に食料を弄ぶ趣味はない。

これ以上苦しまぬよう、一撃で倒してやろう。

我はその身に炎と風を宿し、ボスの体を焼きながら貫いてゆく。

これぞ我が食技ベイクインパルス!!

風と炎によって前方の肉を焼きながら喰らい貫く調食一体の奥義だ!!

ボスの肉は肉質もちょうど良い硬さで嚙み応えも十分!

更に肉汁がとってもジューシー!　この肉汁の量はもはや肉ジュース!!

美味い!　美味いぞぉー!!

ギャウァァァァアッ!!

更にボスの悲鳴が最高の旋律となって我の食欲を刺激する!

モグモグモグモグッ!!

さぁ今度はこの部位を頂こうか。いやいや、それとももうメインディッシュに行くか？
ああ、次はどこを食べようか迷うな！
素晴らしき肉の楽園！　ここは我の為に用意された肉牧場だったのか！
はっはっはーっ!!　ご主人もいなくなった今！　世界は我のものだぁーっ!!
ドゴォォォォォォォォォォォォォォォォンッ!!
我が魔物肉パーティを満喫していたら、突然地下空間の壁が吹き飛んだ。
……はい？
土煙の中から現れた魔法の光が、その奥からやって来る何者かのシルエットを照らす。
……いやいやいやいやまさかそんな。
……ないないないないそんな筈ない。
だって生き埋めだよ！　ペシャンコだよ！
生きてる訳がないよ！
「※※※※!!」
げぇぇぇぇぇっ!!　ご主人っっっ!?
無常、あまりにも無常。
土煙が鎮まった場所に佇《たたず》んでいたのは、我がよく知る二度と会いたくない存在だった。
「※※※※」

ご主人が我に近づいてくる。

あっはい、あれですね。

ご主人を置いて逃げた我を処刑するのですね。

いえいえいえいえ、我そんなつもり欠片《かけら》もありませんでしたよ。

ご主人をお助けしたかったですけど非力な我ではどうしようもなかったので泣く泣く進んで元凶である魔物達を相手にご主人の仇討ちをしていたのです。いやほんとほんと。

ご主人の手が我の頭を鷲摑《わしづか》みにする。

あっ、はい。駄目ですか。そうですか。

チョロロロロロッ
我は漏らした。

第217話　感動の再会

モフモフと共に地下道に入った僕だったけれど、突然の落盤によってモフモフと離れ離れになってしまった。

幸いモフモフの角輪に仕込んだマーカーのお陰で、モフモフが元気に動き回っている事が分かったのは良かった。

モフモフが落盤に巻き込まれなくて良かったよ。

「さて、それじゃあモフモフと合流しようか」

僕は土魔法で土を固めながら掘削魔法で地面を掘り進め、大きな地下空洞へと出た。

「キュキュウー！」

するとそこには魔物を相手に元気に暴れるモフモフの姿が。

良かった、生きているのは分かっていたけれど、やっぱり元気にしている姿を見ると安心するよ。

それじゃあまずは地下空洞にひしめく魔物達を撃退するとしようか！

「チェイスサウザンドジャベリン!!」

僕は地下空洞を崩落させないように、無数の追尾式の魔力の槍《やり》を魔物達に向けて放つ。

槍は魔物達目掛けて飛んでいき、魔物が回避しようとどこまでも追いかけてゆく。

幸いモフモフが結構な数を倒してくれていたので、ほどなくして魔物の群れの討伐は完了した。

「モフモフッ！」

探査魔法で生きている魔物がいなくなった事を確認した僕は、モフモフのもとへと向かう。

「キュ……キュウゥ～」

僕がいなくなって不安だったんだろう。

モフモフが弱々しい鳴き声を上げる。

「よしよし、怖かったんだね」

そう言ってモフモフを安心させようと頭を撫でると、モフモフも心細さが限界を迎えたらしく、おしっこを漏らしてしまった。

よっぽど怖かったんだなぁ。しょうがないよね、モフモフはまだ赤ちゃんなんだから。

モフモフを宥めた僕は、魔物の血で真っ赤に汚れたモフモフを魔法で綺麗にする。

そして次は地下空洞内の魔物の死体を全て魔法の袋に回収した。

これだけの数の死体を放置しておくと、腐ったら大変なことになるしアンデッドになっても困る。

それに回収しておけば後で素材として利用出来るしね。

「キュキュウ～」

怖い魔物の群れがいなくなった事でモフモフも安心したのか、僕の足に縋《すが》りついてくる。

「よしよし、それじゃあここを探索するとしようか」

僕は灯りの魔法を複数展開すると、地下空洞内部を照らす。

「うーん、やっぱり不自然に広いね」

灯りで照らして分かったけど、やっぱりこの地下空洞は不自然だ。

地下空洞の規模の割に、この空間を支える柱がない。

これじゃあいつ落盤が起きてもおかしくない。

「やっぱり人為的に加工された空間っぽいなぁ」

僕は地下空洞の壁に触れ、その滑らかな肌触りからこれらが魔法で加工されたものだと気付く。

「多分魔法で落盤を起こさないように補強されたんだろうね。でも魔法の痕跡がほとんど感じられないし、大分昔の話かな」

だからこそ、さっきの落盤が起きたんだろう。

補強魔法の効果が切れたこの地下空洞は、いつ落盤を起こしてもおかしくない。

「群れのボスはここにはいなさそうだね」

モフモフが最後に戦っていた魔物は他の魔物よりちょっとだけ強そうだったけど、それでも群れのボスというには力不足の感が否めなかった。

見れば地下空洞の壁のあちこちには大きな横穴が開いていて、それらの穴から魔物達が地上と行き来している事が分かる。

「ボスは地下空洞の別の場所にいるか、それとも地上に出ているのかな？」

となると、後でボスが戻ってくる可能性もある。

そうなるといつ崩落するか分からない地下で戦うのは止めた方がいいだろう。

「でも近くにはいないっぽいな」

探査魔法で捜索した感じだと、この近くにボスらしき魔物の反応はない。

「ん？」

壁伝いに地下空洞を探っていた僕は、向かう先に小さな横穴が開いている事に気付いた。

小さなといってもそれは幾つも開いている地下道に比べてであって、実際には人間が通れるほどの大きさだ。

そこだけ人間サイズだった事が気になった僕は、穴の中に足を踏み入れる。

すると足元で何か軽い物を砕く音が聞こえた。

「これは……？」

灯りを近づけて確認すると、僕の踏んだモノが判明する。

「骨っ!?」

そう、それは骨だった。それも上半身だけの骨だ。

「もしかして、魔物から逃げてきた人なのか!?」

おそらくだけど、この人は魔物から逃げる為にこの横穴に避難したんじゃないかな。

でもギリギリで間に合わず、魔物に襲われて体を真っ二つにされてしまったんだろう。

そして皮肉にも上半身だけがここに遺されたんじゃないかな。

「可哀想に」

せめてこの人の魂が安らかに眠れるように祈りを捧げようとしたその時だった。

「キュウ！」

モフモフが白骨死体の傍にあるものを咥える。

「モフモフ？」

見ればそれは骨だ。

死者の骨を玩具《おもちゃ》にしているのかと思って慌てて骨を取り上げた僕だったけれど、すぐにその骨に違和感を感じる。

「あれ？　これどこの骨だ？」

モフモフから取り上げた骨は人間のどの部位の骨とも違う形をしていた。

もしかして違う動物の骨も転がっていたのかと改めて地面を見ると、そこでようやく僕は自分の勘違いに気付く。

「……これ、人間の骨じゃない？」

そう、それは人間の骨じゃなかった。

人間にそっくりな上半身をしているから勘違いしてしまったけれど、地面に散らばった骨には鳥類のような大きな羽が上半身の位置に落ちており、更に頭蓋骨からは大きな角が生えていたんだ。

「もしかしてこの骨……」

背中に羽が生えた頭に角の生えた種族と言えば、一つしか思い当たらない。

「魔人の骨っ!?」

そう、横穴の中に散らばっていたのは、魔人の骨だったんだ。

第218話　大樹を喰らうモノ

◆とある魔人◆

俺達魔人と人間との戦いは停滞していた。

優勢になったと思えばすぐに逆転される。

そんな戦いを随分長い間続けていた。

それゆえ魔人の間でも戦いを続ける継戦派と撤退を考える撤退派で意見が分かれていた。

勿論俺は継戦派だ。

だが現状では有効な策がない事も事実。

そこで我々は人間界にこちらの世界の魔物を送り込むことにした。

俺達の世界の魔物は人間界の魔物に比べて遥かに狂暴だ。

ただそれが原因なのか、俺達の世界の魔物は人間界での生存に適していない種が多く、長期的な活動をさせることは出来なかった。

この問題さえ解決出来れば、人間世界に強力な魔物を大量に送り込めるものを。

ある日、我等の世界の奥地で生息するとある魔物が、人間界にのみ生息する世界樹と呼ばれる植物を摂取する事で長期的な生存が可能であると判明した。

俺は歓喜した。

人間界はそこら中に世界樹が生えている。これなら人間界を危険な魔物に満ちた世界にする事が出来る。

人間の戦士達は無理でも、子供や戦う力を持たない生産個体を減らす事が出来る。

そうなれば長期的な視点で人間達の戦力を減らすことが出来るだろう。

俺はすぐにユグドイーターと名付けた魔物を人間界に送り込んだ。

そしてとある森をユグドイーターの繁殖場にしようとしたその時、ヤツは現れた。

白き災厄。一切の素性が不明なその魔物は人間魔族魔物の区別なく襲い、食い荒らした。

当然のように俺が繁殖させたユグドイーター達も食い殺された。

俺はこれ以上ユグドイーター達を減らされては堪らないと、地下に避難所を作り、そこでユグドイーター達を繁殖させる事にした。

だがここからが問題だった。

白き災厄は肉だけでなく、植物も食い荒らし始めたのだ。

勿論その植物の中には世界樹も含まれていた。

目立つ巨体が災いとなり、山のように生えていた世界樹は瞬く間に白き災厄によって食い荒らされていった。

その結果これまで食うものに困らなかったユグドイーターの食料が見る見るうちに減っていった。

ユグドイーターは肉も食えるが、やはり最も栄養を摂取出来るのは世界樹だ。

俺は近隣の土地で唯一残った世界樹の傍にユグドイーターを移動させた。

ここなら世界樹の落ち葉や、めくれ落ちた樹皮で飼育する事が出来る。

さらに暫く経ったある日、森が霧に包まれた。

恐らくはこの森に隠れ住む人間共が白き災厄対策として森に結界を張ったのだろう。

それだけなら良かったのだが、俺にとって最悪の事態が発生した。

なんと世界樹の姿が忽然と消えたのだ。

これも人間共の魔法が原因なのだろう。

それが原因で世界樹を食料として利用出来なくなってしまった。

当然飢えたユグドイーター達は食料を求めて森をさ迷いだした。

そして偶然見つけた世界樹の落ち葉や実を仲間同士で奪い合い始めたのだ。

このままユグドイーター同士で殺し合っては本末転倒だ。

そこで俺はユグドイーター達を封印する事にした。

そして封印が効いている間に世界樹のありかを調べ、人間共の魔法を解こうと考えた。

俺は地下に巨大な封印結界を作り上げ、その中心に唯一残った世界樹の欠片を設置する。

我々魔人には分からないが、ユグドイーターは世界樹の匂いを感じ取ることが出来るらしい。

特に実の匂いが一番強いらしく、世界樹の実には殺到する性質があった。

人間共に隠された世界樹もその嗅覚で察知する事が出来ればよかったのだが、人間共の魔法が優れているのか、ユグドイーター達の嗅覚がそこまで優れているわけではないのか、見つけ出す事は出来ないようだった。

ともあれ、この世界樹の欠片の匂いに誘われてユグドイーター達が封印結界内部に集まるのを待つ。

世界樹の欠片は俺が作った保護結界ですぐに食べることは出来ないようになっているので、全てのユグドイーターを集めるまで安全だろう。

特に女王個体であるマザーユグドイーターはなんとしても保護しなくては。

世界樹をふんだんに食べて育ったマザーユグドイーターは魔界にいたユグドイーターに比べて遥かに強力な力を有している。

……問題が発生した。

ユグドイーターは全て集まったが、マザーユグドイーターが世界樹の欠片を求めて大暴れした為、結界の一部が破損してしまった。

これでは結界が張れない。

仕方がないので、ユグドイーター達を眠らせてから結界を修理するとしよう……

◆

「記録はここで終わりか」

僕は小部屋に残されていた記録から、この魔人がユグドイーターという魔物を封印しようとしていた事を理解した。

「そして完全に眠っていなかったユグドイーターに襲われて、あと一歩のところでここに逃げ込むのが間に合わなかったって所かな。封印結界だけは何とか展開出来たみたいだけど」

どうやらここは魔人の魔物育成牧場だったみたいだね。

でも悪い企みは失敗、自分の育てた魔物によって最期を迎えたと。

「世界樹の郷を襲っているのは、封印から目覚めたユグドイーターって事だね。そして魔人の記録に載っていたマザーユグドイーターはここにはいなかった。きっと世界樹を求めて外に出たんだろうね」

結果としては空振りだったけど、おかげで色々な情報を得る事が出来た。

この世界から世界樹が消えたのは白き災厄が原因だった事。

そしてユグドイーターが数少ない世界樹を狙っている事。

「……でも世界樹がなくても困らないんだよなぁ」

正直言えば、定期的な世界樹の伐採って凄く面倒なんだよね。

何しろあの巨体だからただ斬るだけでも面倒だし、斬った後の材木を加工したり処分したりするのも面倒だし、切り株を残しておけば根っこから栄養を吸収するから周囲の土地の栄養が減るし……。

「けど、種を絶滅させると環境が激変するからなぁ。そういう意味では世界樹も一定数残さないといけないのも事実だし……」

でもやっぱり面倒くさいんだよね。

どうしたものかなぁ。

そんな風に悩んでいたら、再び地下が揺れた。

「また崩落!?　いや、ちがう！」

揺れの感覚が崩落ではなく、何かが揺れた震動が原因だと察知する。

「これはもしかして……マザーユグドイーターが動いた!?」

だとすると、その目的地は！

「世界樹の郷が危ない!!」

第219話　獰猛なる食欲の群れ

◆ジャイロ◆

「おー、来やがったな」

魔物の大群が世界樹を包囲するように全部の方向から迫ってくる。

まさか兄貴がいないタイミングを狙ってやって来るとはな。

「す、凄い数ですよ!?」

さっそくノルブの奴がヘタれてやがる。

まったく、兄貴に鍛えてもらったってのに気の弱さは治んねぇなぁ。

「どんだけいても関係ねぇよ！　全部倒せばいいだけだろ！」

俺はヘタれてるノルブの背中を叩いて気合を入れてやる。

「ただ倒せばいいってわけじゃないわ。敵は世界樹の実を狙っているのよ。相手の目的を阻止出来なかったら敵を全滅させても意味がないでしょ！」

そしたらミナの奴がめんどくせぇ事を言い出した。

「そんなの登ってくる前に全部倒せばいいだけだろうがよ」

「この数を全滅させるのは流石に無理だと思う」

「ですよね。いくらなんでも多すぎますよ」

ノルブだけじゃなく、メグリも真っ向勝負を嫌がってるみたいだ。

まぁメグリは盗賊だから力づくで戦うのが苦手なのはしょうがねえけどよ。

「どのみち魔物を撃退しないと皆も無事じゃすまないわ。何しろ周りを全部囲まれているんだもの」

そんなミナ達のケツを叩くように、リリエラの姐さんが声を上げる。

だよな！　さっすが姐さんは分かってるぜ！

ビビっても何も変わらねぇ！　だったら悩む前に一匹でも多く、一秒でも早く魔物を倒した方が敵が減ってマシになるってもんだ！

「ん、私達は飛べるけど、飛べない郷の皆は逃げられない」

「ウダウダ考えても仕方がねぇだろ！　どうせ逃げられねぇなら纏めてぶっとばすだけだ！」

「だからもう少し考えなさいっての」

じゃあどうしろってんだよ。

「私がデカい魔法をぶっ放して前線の魔物を吹き飛ばすから、そしたらノルブは防壁の魔法で砦の外側に壁を張って」

「出来る事は出来ますけど、あの数では焼け石に水ですよ？」

どこから来たんだってくらいいるもんなぁ。

「それでも壁があれば多少は時間稼ぎになるわ。レクスが来るまでの時間稼ぎがね」

「おいおい、最初から兄貴頼りかよ。たまにはオレ達だけでやってやろうぜ！　俺達は兄貴にここの守りを任されたんだぜ」

「どうやってこの大軍を何とかするつもりなのよ？　言っとくけど、私の一番強い魔法を連発しても魔力が保たないわよ」

まったく、ミナの奴も魔物の数にビビって重要な事を見落としてやがんな。

「そこはアレよ。ボスを狙うんだよ」

「ボス？　でもそれはレクスが探しに行ってるでしょ？」

ミナは何言ってんだって顔で首を傾げる。

「いーや、ボスはここに来てるね」

「根拠は？」

「こんだけ魔物が沢山いるからだよ。連中は世界樹の実を狙ってんだろ？　だったら手下が勝手に食っちまわねぇようにボスもついてきてる筈だ。自分が食う為にな」

「成る程、確かにそれはありえそうね。獣の群れでも、ボスが一番最初に良い所を食べるものだものね」

リリエラの姐さんは俺の考えに成る程と納得してくれた。

やっぱり腕利きの冒険者は理解が早いぜ！

「ふーん、野性の勘って訳ね。そういう事なら分からなくもないわ」

「オメェなんでもっと素直に褒める事が出来ねぇんだよ」

ったく、コイツも素直じゃねぇなぁ。

「じゃあ纏めるわね。私達の勝利条件は三つ。世界樹の実と世界樹を守る事、郷の人達を守る事。そして魔物達を撃退すること。魔物を全滅させるのは難しいからボスを倒す、もしくはレクスさんが戻ってくるまで耐える事！」

「おうっ！」

「分かったわ」

「ん」

「分かりました」

「そして最後に、なるべく死なない事！　生きていれば怪我は治せるから、死なないように戦って！」

「「「「おおぉぉぉぉぉぉぉぉっ!!」」」」

リリエラの姐さんの言葉に、エルフ達が雄叫びを上げる。

「任せてください！　死なない程度に怪我をするのは慣れっこですぜ！」

「そうです！　レクス師匠のお陰で俺達はギリギリの世界に足を踏み入れる事が出来るようになったんです！」

「その世界にはあんまり足を踏み入れて欲しくないかなぁ」

「世界樹に乗り込んできた魔物の相手は儂等に任せてもらおう。レクス名誉国王陛下より伝授頂いた鍛冶の技で鍛えた武具は魔物の牙も通さぬぞ！」

ドワーフ達も新調した装備に身を包んでやる気満々だ。

「おっしゃぁ！　それじゃあ行くぜお前等ぁぁぁぁぁ!!」

◆ミナ◆

「「「「おぉぉぉぉぉぉぉっ!!」」」」

ジャイロの号令を受け、エルフとドワーフの戦士達が雄叫びを上げて地上へと駆けだしてゆく。

「あのバカ！　私の先制攻撃が先だってのに！」

「私が戦士長なんだがな……」

「……がんばれ」

駆け出していったエルフの戦士達を切ない顔で見つめていたシャラーザさんの肩をメグリがポン

と叩いている。

ってそんな光景をのんびり見てる場合じゃないわ！　早く先制攻撃しないと！

「んじゃデカイのかますわよ！　フロストストームッッ!!」

私は世界樹を包囲する魔物達に向けて極寒の嵐を放つ。

嵐は森を突き進む魔物達を一気に凍らせてゆく。

「おぉぉぉぉっ!!　魔物共がみるみる凍っていくぞ！」

更に迷いの森に満ちた霧が凍った魔物達をさらに凍らせて巨大な氷塊、いや氷壁へと変えてゆく。

「しかも凍った魔物が障害物になって魔物が進めなくなっているぞ！」

「す、凄い。精霊の力を借りた我々の魔法よりも威力があるぞ……!?」

エルフ達が氷壁に閉じ込められた魔物達を見て、驚きの声を上げる。

ふふん、大量の魔力を込めて放ったんだもの。このくらいは驚いてもらわないとね。

「はぁはぁ……ノルブ！　あとよろしく！」

「は、はい!!　グランドサークルトーチカ!!」

ノルブが魔法を発動させると、大地が広範囲に盛り上がり、世界樹を覆うエルフ達の砦を覆うようにもう一つの砦を形作る。

「うぉぉぉぉっ!?　砦の外に巨大な防壁が!?」

しかもノルブが気を遣ったのか、新たに作られた防壁には内部の砦と連携しやすいように通路状の壁が蜘蛛の巣状に繋がっていた。

「ぜい……はぁ……こ、これで少しは進行を遅らせる事が出来る筈です」

「おっしゃ！　あとは任せて休んでなっ！　行くぜリリエラの姐さん、メグリ！」

私達が息を切らせてへたり込むと、ジャイロ達が飛行魔法で飛び出していく。

「ええ！」

「ん！」

「客人達だけに頼るな！　世界樹は私達が守るんだ！」

「「「「おぉぉぉぉぉぉっ!!」」」」

更にエルフとドワーフ達も地上へ向かって駆けだしていった。

「さて、私達もマナポーションを呑んで戦いに戻らないとね」

◆ジャイロ◆

「うぉぉぉぉぉっ!!　ファイヤーストライクッ!!」

俺は武器から迸《ほとばし》った炎の大剣魔法で魔物共を纏めて横一文字にぶった切る。

「コラーッ！　森の中で炎の技を使ったら駄目でしょ！」

「え？　あっ、すまねぇ！」

「大丈夫。森の中は霧で満ちてるから、燃え広がる事はないみたい」

ミナには叱られたが、リリエラの姐さんが霧のお陰で被害はないと教えてくれた。

「マジか！　ラッキー！」

「それでも気を付けなさい。今回は運が良かっただけよ」

だな。流石に森を燃やしたらマズいのは俺にも分かる。

「おう！　次は失敗しねぇよ！　つっても火が使えないとなるとどうすっかな。あと俺が使えるのっていうと回復くらいだからなぁ……」

回復魔法じゃ敵を倒せねぇしなぁ。

「うーん、魔法はイメージが大事だって兄貴も言ってたし、ここらで一つ新技いってみっか！　火や回復みたいにピカピカしてて燃えねぇ魔法……ええいめんどくせぇ！　燃えない炎出ろぉーっ!!」

途中で考えるのが面倒になった俺は、燃えても燃え広がらない炎出ろと念じながら魔力を剣に注ぎ込む。

すると剣からいつもとは違う白い炎が出てきたんだ。

「おおっ!?　なんか出た！」

この白い炎は見た事もないが、何となくこれは大丈夫だって確信があった。

「おっしゃ、これならいけるぜ！　喰らえ！　俺の新必殺技！　えーと、燃えないファイヤースラーッシュ!!」

俺の一撃が周囲の樹ごと魔物をぶった切る。

だが炎が切ったのは魔物だけで、周囲の樹は無事だ。

しかも炎が燃え広がる様子もねぇ。

「おっしゃ燃えてねぇ!!」

こりゃ使えるぜ！

「ちょっ!?　アンタ何よその魔法!?」

「へっへー、スゲーだろ燃えない炎の魔法だぜ！」

「はぁっ!?　何それ!?　いつの間にそんな魔法使えるようになったわけ!?」

「今っ！」

「死ね」

「急にマジな声になるなよ……怖ぇだろ」

突然真顔になって殺気を漲《みなぎ》らせたミナの剣幕に、思わず後ずさっちまったぜ。

「何で真面目に魔法の勉強をしてない奴があんな複雑な魔法を使えるようになるのよ……」

「なんというか、詠唱を必要としない無詠唱魔法だからこそ出来る芸当ですねぇ」

「ハチャメチャ過ぎる」

「ああいうのも天才って言うのかしらね？」

ふっふっふっ、アイツ等も俺の凄さが分かって来たみてーだな。

「おっしゃ！　ノッてきたぜぇーっ！」

森に燃え広がる心配がなくなった事で、俺は遠慮なく魔法をぶっ放せるようになった。

さらに俺達が倒しきれなかった魔物にエルフ達が群がり、後方からドワーフ達の援護の槍や矢が飛んでくる。

「へへっ、いい感じじゃん！」

これなら兄貴が来る前に何とかなるかもな！

俺達は迫りくる魔物を次々に倒してゆく。

「あとはこん中に隠れてるボスを見つけ出すだけだな……おーい！　いるんだろ魔物のボスよー！　手下の中に隠れてて恥ずかしくないのかよー！　俺達にビビッってんのかー？」

俺は群れの中に隠れた魔物のボスを挑発する。

「アンタねぇー、魔物にそんな人間の挑発が理解出来る訳ないでしょー」

「わっかんねぇぜ。もしかしたら反応するかもしれねーじゃん」

その時だった。ふと俺は背筋にうすら寒い感覚を感じたんだ。

そして本能に従って全力で空の上に避難した直後、地面から巨大なハサミが飛び出してきやがったんだ。

そしてハサミは俺が今までいた場所を切断するようにバチンと閉じる。

「あれは……」

皆も突然現れたデカいハサミに視線が引き寄せられる。

同時に、地面が震えその中から一匹の巨大な魔物が姿を現した。

「へへっ、派手な登場をしてくれるじゃねぇか」

一際大きなその体から放たれる気配は、他の魔物とは一線を画している。

「間違いねぇ！　コイツがボスだ！」

第２２０話　魔を喰らうもの

◆ミナ◆

「ようやく出てきやがったな！」

ジャイロが遂に現れた魔物のボスに向かって飛び出す。

「こら！　突出するんじゃないわよ！」

「何言ってんだ！　アイツをやっつけちまえばコイツ等を操る頭がいなくなるんだぜ！　数の多い敵と戦う時はボスを狙えってのは兄貴の教えだろ！」

「だからっていきなり突っ込んでどうするのよ！　もっと考えてから動きなさい！」

「考えてるっての！　喰らえ！　燃えないメルトスラァーッシュ!!」

足の裏から高出力の炎を噴き出し、ジャイロがボスに向かって超高速の急降下攻撃を敢行する。

ドラゴニアで開催された大会でジャイロが蒼炎の二つ名で呼ばれた必殺の攻撃は、どんな敵の装甲もバターみたいに真っ二つにする。

そして幸いにも魔物のボスはその巨大な体が災いして、ジャイロの攻撃に反応出来ないでいた。

「もしかして……いける？」

「喰らいやがれぇぇぇぇっ!!」

ジャイロの一撃が見るからに硬そうな魔物のボスの殻を真っ二つに……

ガキンッッ!!

「え？」

ボスの体を真っ二つに切り裂く筈の一撃は、硬い音と共に弾かれた。

そして凄まじい勢いで魔物のボスの体にジャイロが突っ込んだ。

「もばぁっ!?」

変な悲鳴と共にジャイロの体が魔物のボスの殻にへばりつく。

まるで夏場に血を吸いにやって来た蚊が潰されたかのような光景だ。

「おが……が……」

ジャイロの体がずるずると地面に向かって落ちていく。

「って、見てる場合じゃなかった!?　メグリ！　回収急いで！」

「ん、分かった！」

私は慌てて指示を出すと、追尾型の魔法で魔物のボスを撹乱してメグリの援護をする。

その間にメグリは魔物のボスに接近し、ジャイロを回収しようとしたら……突然落ちた。

「え!?」

「っ！」

間一髪メグリは魔物のボスの体にとりつくと、ジャイロを回収して離脱する。

そして何故かジャイロを引きずりながら暫く走ったかと思うと、思い出したかのように飛行魔法を使って離脱を行った。

「ノルブ！　ジャイロを治して！」

「は、はい！」

メグリからジャイロを受け取ったノルブが慌てて回復魔法をジャイロにかける。

「ありがとメグリ」

メグリに労いの言葉をかけるも、彼女は真剣な顔で私に驚くべき情報を口にした。

「気を付けて。あの魔物に近づいたら魔法が使えなくなった」

「魔法が!?　どういう事!?」

「分からない。急に使えなくなった」

魔法が使えなくなったってどういう事？　ジャイロの攻撃が通じなかったのもそれが原因なの？

「けどあの魔物から離れたら魔法が使えるようになった」

成る程、だから途中までジャイロを引きずって逃げてたのね。

「あの魔物の周囲は魔法を無効化する何かがあるって事かしら？」

となると不味《まず》いわね。魔法での援護が絶望的じゃない。

いや、まずは試すだけ試してみましょうか。

「フロートコントロール！」

私は浮遊魔法を使って魔物との戦いで掘り起こされた岩や木々を浮き上がらせる。

そしてそれらを魔物のボスの上空高くまで移動させ、魔法を解除した。

当然魔法によって浮き上がっていたそれらは、地上に向かって落下してゆく。

「これぞレクス直伝、魔法耐性を持ってる魔物撃退法よ！」

魔法防御力が高い敵に対して魔法使いが行える効果的な攻撃法は、魔力の影響から解放された現象を叩きつける事。

とくに最初から存在している大量の水や土、岩を操る魔法が有効とレクスは教えてくれたわ。

「これならどうかしら？」

ドゴンドゴンと鈍い音が響き渡り、魔物のボスを押しつぶしてゆく。

「ギュガガガガ」

けれど魔物のボスは上から降り注ぐ大質量をものともせずにこちらに近づいてくる。

「うっそー……」

ぜんっぜん通じてないじゃないのっ！

不味い、流石にここまで通じないとは思ってもいなかったわ。

「ちょっと良くないわね。あれじゃ近づくだけで身体強化魔法が切れて致命傷を負いかねないわ」

エルフ達のサポートをしていたリリエラが困った顔で合流してくる。

「ならば我々にお任せください！　レクス師匠のお陰で我々はギリギリの戦いに慣れていますからな！」

「あっ、ちょっ!?」

けれど私が止める間もなくエルフ達は飛び出していった。

「はっはっはーっ！　我等の一撃を喰らえ魔物の長よ！」

ポキン！

「なんのグボァーッ！」

バカーンッ！

「エ、エリクサーを……ってなんでエリクサーが効かないんだ!?」

「ば、馬鹿な！　エリクサーを飲んでも傷が治らないだと!?」

エリクサーの効果がない事に、エルフ達から動揺の声があがる。

「ぐわー！」

「うぎゃー！」

「もがーっ！」

魔物のボスが腕を足を振り回す度に、エルフ達が景気よく吹き飛ばされてゆく。

「え、えーっと、リリエラ、ミナ、魔物のボスに近づき過ぎないようにエルフ達を回収してあげて」

「……分かったわ」

「ん。任された」

幸い、魔物のボスはこっちに真っすぐ向かってきているから、エルフ達の回収は容易だった。

「でも怪我が酷いわね。すぐに治療しないと」

「……リリエラ、エルフ達にエリクサーを飲ませてあげて」

「え？　でもエリクサーは効果ないって」

「試してみたいの」

「……分かったわ」

私もまた砦近くで待機していたエルフ達からエリクサーを分けてもらい、傷ついたエルフ達にエリクサーを飲ませる。

すると瞬く間にエルフ達の傷が癒えていった。

「えっ、何で？」

同じようにエリクサーを飲ませたエルフの傷が癒えた事で、リリエラが驚きの声を上げる。

「エリクサーはただの薬じゃなくて魔法薬だから、でしょうね」

「それって……まさか!?」

「そう、そのまさかよ」

エリクサーは貴重な薬草をいくつも使っているけれど、その本質には魔法が関わっている、と言う事が今の実験で分かった。

と言う事は魔物のボスの有する魔法が無効化されるという特性は、『魔法』薬にも適用されると言う事に他ならない。

「なんて厄介な魔物なの」

魔物のボスの厄介極まりない特性にリリエラが毒づく。

まぁ気持ちは分からないでもないけどね。

「でもなんであの魔物だけ……」

「分からないわ。あの魔物がボスだからなのか、それとも他の魔物が子供だからなのか……」

「もしくは、変異種かもね……」

「っ!?」

リリエラの言葉に、私は思わず身を固くする。

変異種、それは魔物からごく稀に発生する特殊な個体だ。

同種の魔物とは一線を画した高い能力を持ち、個体によっては唯一無二の特殊な力を持つものもいるのだとか。

「だとしたら、厄介どころじゃないわね」

あれが変異種だとしたら、強さはこれまで襲ってきた魔物の倍程度では済まないわね。

そりゃあ魔法を無効化くらいするわ。いやして欲しくなかったけど。

「最悪の場合、世界樹を見捨てて郷の住人達を逃す事に全力を尽くすしかないかもね」

そんな事をしたら彼等は怒るだろうけど、それでも全滅するよりはましだろう。

なにせ今は世界樹の実を最優先に狙っているけれど、その実を食べ終わったら次は何を標的にするか分かったもんじゃない。

「皆、砦まで下がって！」

私達は今だ起き上がれないでいるエルフ達を担いで砦に撤退する。

エリクサーで治療はしたけれど、意識を失ったままのエルフ達は少なくない。

砦に待機していたエルフやドワーフ達が弓矢や投げ槍、それに精霊魔法で魔物達を攻撃するけれど、魔物のボスには全く効果があるようには見えなかった。

そしてノルブが作り上げた防壁が魔物のボスによって砕かれると、魔物達が我先にと殺到する。

けれど、魔物のボスはそんな部下達を腕の一振りで吹き飛ばす。

「え？　何で？」

どういう事？　ここに来て仲間割れ？

いや違う、これはきっと順番って事だ。

ボスである自分こそが、一番最初に世界樹を襲う権利があると。

だからそれを無視して一番乗りしようとした無礼な手下達に罰を与えたんだ。

その推測が合っていたのか、他の魔物達はピタリと動きを止めていた。

そして、魔物のボスは悠然とした態度で防壁の内部へと入って来る。

そんな私達が逃げ込んだ砦は、魔物のボスの目と鼻の先。

そして世界樹は私達のすぐ後ろ。

「これはもう決断するしかないわね」

そして私が世界樹を捨てて逃げろと声を上げようとしたその時……

ボカァァァァン!!

激しい音と共に、大地が吹き飛んだ。

「「「え?」」」

魔物のボスもまた、その衝撃に巻き込まれ宙を舞っている。

そして大地と共に魔物のボスが地面に叩きつけられた。

残ったのは底の見えない巨大な穴。

「よっと」

そこから、何かが姿を現す。

「あれは!?」

「よかった。まだ世界樹は無事だね」

巨大な穴から這い出てきたのは私達が待ち望んでた人物。

「「「「レクスっ!!」」さん」」兄貴っ!!」

そう、この状況をひっくり返せるジョーカーが帰って来たのだった！

第221話　魔法が効かないなら物理で倒そう

「よっと！」

探査魔法で魔物の群れの反応を見つけた僕は、群れの正面に回り込んでから地上に出る。

するとそこは世界樹の郷の目と鼻の先だった。

「どうやら世界樹は無事なようだね」

ふぅ、何とか間に合ったみたいだ。

「兄貴っ!!」

僕を呼ぶ声に振り返れば、そこにはジャイロ君達の姿があった。

「お待たせ、皆」

「ま、待ちくたびれ、あ、いや……な、なんだよもう帰って来ちまったのかよ。せっかく俺達だけでボスをぶっ飛ばそうと思ってたのによ！」

「何言ってんのよ。今にも負けそうだったじゃないの」

「ん、んな事ねぇよ！　それを言ったらお前だって魔法が通じねぇって泣き言言ってたじゃねぇか！」

「い、言ってないし！　ちょっと面倒くさいって思っただけよ！」

慌てて戻って来たけど、皆はいつも通りみたいで安心したよ。

「はいはい、二人ともそこまで。戻ってきてくれて助かったわレクスさん。こっちは今かなり困った状況になってるの」

「困った状況ですか？」

流石リリエラさん、即座に空気を切り替えて情報共有に入る。

「魔物のボスが現れたんだけど、魔法が通じないのよ。身体強化魔法も同じね。近づくと強制的に解除されるのよ」

成る程、マザーユグドイーターは魔法を吸収するタイプの魔物って事だね。

こういうタイプの魔物のセオリーは物理攻撃か、魔法によって発生した魔力のない効果をぶつける事だけど……

「魔法で岩を浮きあがらせてぶつけてみたんだけど、殻が固すぎて殆ど攻撃が通らなかったわ」

既に僕が考えた対策をミナさんは試していたみたいだ。

「申し訳ないレクス名誉国王陛下。大きすぎて我々の武具も多少の手傷を負わせる事は出来たのですが、両断までは……」

見ればマザーユグドイーターの甲殻の表面に、ドワーフ達の斧が幾つか刺さっている。

「申し訳ありませんレクス師匠、我々の精霊魔法も通じませんでした。大地の精霊による足止めも無効化されてしまって」

皆も色々と考えて、様々な方法でマザーユグドイーターに攻撃を加えたり、妨害を試みたけれど、それらの策が失敗に終わったと報告してくれた。

成る程、魔法にも物理にも強いタイプの上に単純に大きい魔物か。厄介な手合いだなぁ。

「となるとやっぱり基本で責めるのが一番かな」

「「「「「基本？」」」」」

皆がどういう意味？　と揃って首を傾げる。

「見てて皆。魔法が通じない敵を相手にする時の基本を見せるから」

探査魔法で周囲を確認すると、マザーユグドイーターで満たされた空間の中に不自然に大きな穴が開いていた。

そしてその場所には土砂をかぶってひっくり返った巨大な魔物が一匹。

成る程、探査魔法の探知を無効化していたから分からなかったんだね。

でも手下に囲まれたこの状況なら、逆に何の反応もない場所こそお前の居場所だと丸分かりだ。

「でも何でひっくり返ってるんだろう？」

あっ、もしかして皆で協力してマザーユグドイーターをひっくり返す事で時間稼ぎをしていたのかな？

成る程、攻撃が通じないから、周囲の地形を動かして相手の足止めに専念していたんだね！

やるなぁ皆。

攻撃が通じないなら通じないなりに創意工夫を凝らしている。

これこそ冒険者の知恵だね！

「よーし、僕も負けていられないね！」

「え？　何の話？」

僕は剣を構えると、マザーユグドイーターの前に立つ。

そして呼吸を整え、マザーユグドイーターの全身を視界に納める。

「すぅー……ふぅ……すぅー……」

同時に倒れていたマザーユグドイーターが手下を使って起き上がる。

その視線は目の前に立つ僕に向いていた。

「ギュルアァァァァァ!!」

皆から散々足止めを喰らってきた事に怒っているんだろう。

マザーユグドイーターは怒りの雄叫びを上げて僕に酸の塊を連続で吐き出してきた。

「それはトーガイの町で見たよ！」

僕は剣風で酸の塊を皆や世界樹に当たらないように逸らす。

「嘘だろ!?」

「魔法も使わないで攻撃を逸らした!?」

よし、流石はミスリルの剣。以前の剣だったら今の動きに耐え切れずに折れていた所だよ！

「ギュルォォォォォ!!」

飛び道具が通じないと分かったマザーユグドイーターが僕を切り刻もうと巨大な腕のハサミを突き出してくる。

「ふっ！」

相手の巨体が巻き起こす豪風に体を乗せ、流れに身を任せつつ巨腕に飛び乗る。

そして甲殻と甲殻の間の関節部に刃を剣風と共に放つ。

「風断ち二連っ！」

するりとマザーユグドイーターの両腕のハサミが切断される。

「うそぉーっ!?」

「何でっ!?」

「そして……」

切ったハサミを足場にマザーユグドイーターに向かって跳躍。

正面頭頂部から一気に……

「滝落としっっ！」

縦一文字にその体を切断し、体術で高々度からの落下の衝撃を受け流して着地する。

「ふぅー……」

残心と共に剣を鞘《さや》に納めると、マザーユグドイーターが音もなく真っ二つに割れ、地響きを上げて地面に崩れ落ちた。

「とまぁこんな感じかな。魔法が通じないなら純粋な剣技で対処すればいいんだよ」

「「「「「…………」」」」」

そして皆の方に向き直って告げる。

「ねっ、簡単なやり方だったでしょ？」

「「「「「ぜんっぜん簡単じゃないっっっ!!」」」」」

え？　前世じゃ定番の対処法だったんだけど。

それにしても流石はミスリルの剣だ。今の技でも刀身が欠けたり折れたりした様子はない。

まぁ久々の技に気合を入れちゃった所為で、ちょっぴり刀身が曲がったっぽいから、後で直さないとね。

けど、これで今まで封印してた色んな技が使えるようになったぞー！

第222話　さよなら世界樹の郷

マザーユグドイーターを倒した後、世界樹を包囲していたユグドイーター達は蜘蛛の子を散らすように逃げ出した。

命令を下すボスが倒されたんだから当然の反応だね。

そのお陰で僕達は世界樹の防衛を気にせず、追撃に専念する事が出来るようになった。

念の為足の遅いドワーフ達に世界樹の防衛を頼み、僕達とエルフ達はチームを組んでユグドイーターの殲滅戦を行う。

何しろユグドイーターは魔人達の世界の生き物だからね。

侵略的外来種ってヤツだ。しっかり駆除しておかないとまた数百年後に繁殖して世界樹を狙いかねない。

迷いの森は広かったけど、探査魔法を使えば追跡は容易だった。

「キュキュウ！」

更にモフモフもユグドイーターの匂いを嗅いで追跡に協力してくれた。

こうして数日をかけた山狩りならぬ森狩りのお陰で、僕らはユグドイーターを全て駆除する事に成功したんだ。

◆

「皆さんお疲れ様です！」

「「「「「お疲れ様ですっ!!」」」」」

ユグドイーターの駆除を終えて世界樹に戻って来た僕達は、祝いの宴を行っていた。

「ははははっ！　信じられないな！　俺達遂に世界樹を守り切ったぞ！」

「ああ！　俺達の手であの魔物共を倒したんだ！」

エルフやドワーフ達は自分達の手で魔物を倒すことが出来たと涙交じりに誇らしげにお互いを讃えあっている。

「凄い！　森の中を歩いてもあの魔物が全然いなかったぞ！」

「これで戦えない俺達でも森の中を歩けるぞ！」

向こうでは戦闘向きでなかった種族達が安全に森を歩く事が出来るようになったと喜びの声を上げている。

「それもこれもレクス殿達のお陰だ。本当に感謝する」

　そんな光景を見ていたら、晴れやかな笑みを浮かべたシャラーザさんが両手で料理の皿を運びながらやって来た。

「レクス殿、こちらの皿も食べてくれ。これは森で手に入る食材で作った料理だ。魔物共が闊歩《かっぽ》するようになって食材を集める事が出来なくなっていたが、君達のおかげで、数百年ぶりにこの料理を作る事が出来るようになったんだ」

　そう言って差し出されたのは、キノコと山菜を主体にした料理で、シャラーザさん達にとって定番の郷土料理との事だった。

「頂きます」

　勧められるままに料理を口にすると、ピリリとした感覚が口の中に広がる。

　これは複数の香辛料が混ぜられている料理のようだね。

　キノコはしっかりと味が染み込んでいて、嚙み応えも抜群だ。

　香辛料の刺激だけじゃなく、山菜自体の味も面白い。

「美味しいですね。人族の町じゃ味わえない料理です」

「そうだろう。この山菜は収穫してすぐに食べないと味が悪くなって別物になってしまうんだ」

　へぇ、それだと輸送向きじゃないから、現地でだけ食べられるご当地料理って訳だね。

　あっ、でも僕等なら魔法の袋を使えばその心配もないかな。

　そんな事を話していたら、ドワーフ達が大皿に載った料理を持ってやって来た。

「レクス名誉国王陛下！　この料理も食べてくれ！　山菜と猪肉の料理だ！　独特の苦みのある山菜と肉汁たっぷりのステーキが酒に合うんだ！」

「レクスさん！　俺達の料理も食べておくれよ！」

「私達の料理も食べてよ！」

更に他の種族達も料理を抱えて殺到してくる。

「うわわっ!?」

「さぁ食べておくれよ！」

「すっごく美味しいよ」

「こっちもほっぺた落ちるくらい美味しいよ！」

そんな風に料理を持った人達に殺到され、僕はもみくちゃにされてしまった。

でも、こんな風に郷の人達が笑顔で料理を沢山食べる事が出来るようになったのも、皆と頑張ってユグドイーターを倒したお陰だ。

その光景にとても誇らしい気持ちになりながら、僕は目いっぱい宴を楽しむ事にした。

◆

そして郷の長達から無事依頼を完了した事を認められた僕達は、翌日王都に帰る事にした。

「もう帰られてしまうとは残念です」

「もっとレクス師匠から学びたかったのに」

「儂等もレクス名誉国王陛下から鍛冶の業を学びたかったぞ……」

……ドワーフ達にはその呼び方止めて欲しかったなぁ。

「僕達は根無し草の冒険者ですからね。一つ所には留まれないんですよ」

「人族はせわしなく動き回ると聞きましたが、レクス殿達はその最たるものですな」

ははははと笑い合っていると、郷の長老達が姿を見せた。

「この度はお主達のお陰で郷の危機は救われた。礼を言うぞ」

「いえ、お気になさらないでください。これも仕事ですから」

「いや、此度のお主等の働き、ただの用心棒としてはあまりに大きすぎる活躍だ。郷のドワーフ達の失われた技術の継承、戦士達の鍛錬、更に驚く程の豊作をもたらす肥料にエリクサーの製法の伝授、更には長らく育つ事の無かった世界樹の爆発的な成長……正直儂等が用意した報酬ではとてもお主等の働きには釣り合わぬ」

うーん、そこまで大したことはしてないんだけどなぁ。

「っていうか、ほぼ全部レクスさんの手柄なんだけどね」

「「「うんうん」」」

と、後ろでリリエラさん達が謙遜の声を上げると、シャラーザさんが否と声を上げた。

「いや、貴殿等のお陰で郷の被害は格段に減った。間違いなく我等は貴殿等のお陰で救われている」

　それにはシャラーザさんだけでなく、郷の戦士達もそうだそうだと声を上げる。

「アンタ達が一緒に戦ってくれたからこそ、俺達は全員生き延びる事が出来たんだぜ！」

「そうだよ、あの魔物の群れに囲まれた時はもうダメかと思ったよ。でもアンタ等はひるむことなく魔物に向かって行った。アンタ達は若いが立派な戦士だとも！」

「人族の戦士もやるじゃねえか！」

　皆から称賛されて、リリエラさん達が照れくさそうに頬を掻いている。

　うん、郷を守る為に真剣に戦った皆の活躍を認めてくれる人はちゃんといるんだよ！

「レクス名誉国王陛下。これは儂等ドワーフから追加報酬です。陛下に伝授して頂いた古の精錬技術を駆使し、今の儂等に出来る最高の品をご用意しました。どうかお受け取りください」

　そういってドワーフの長が差し出してきたのは、いくつもの金属のインゴット。

　世界樹の樹皮から精製したであろう銅、鉄、鋼、ミスリルなどの様々な金属は、ここに来た頃の彼等の作った品と比べ、遥かに良質なものとなっていた。

「見事な純度です。たった数日でここまで質が上がるとは流石ドワーフですね。皆さんに師匠から教わった業をお返し出来て本当に良かったです」

「おお、もったいないお言葉です！　次にお会いする時は今以上の品をご用意いたします！」

「「「期待していてくだせぇ!!」」」

ドワーフ達がやる気に満ちた眼差しで僕に宣言する。

やる気に満ちた彼等なら、取り戻した技術を越えて、更なる高みに登るのも遠い話じゃないね。

「レクス殿、こちらはささやかだが、森で獲れた食材や薬草を報酬の追加分として受け取って欲しい」

シャラーザさん達が差し出してきたのは、幾つもの森の恵みと薬草の山だった。

「本当は私だけで採取するつもりだったのだが、耳ざとい連中が聞きつけてきてな。気が付いたら郷の連中総出で採取してしまっていた」

「へへっ、アンタだけにいい顔させるかよ」

「そうそう、感謝してるのは俺達だって同じだぜ」

と、戦いに参加出来なかった種族の人達が、沢山の薬草や山菜を抱えて集まって来る。

「あの魔物共に食い荒らされているのではと心配していたのだが、幸いにも連中には小さすぎて食いでが無かったらしく、碌《ろく》に荒らされていなかったのだ」

「そうなんですか！　それは良かったですね！」

魔物に食い荒らされていたら森が元に戻るまで相当時間がかかるかと思ったけど、幸いにもその心配はなさそうで安心したよ。

どうやらユグドイーター達は普通サイズの食材には興味が無かったみたいだ。

「森での採取は俺達の得意分野だからな！　高い樹の上の実も取り放題だぜ！」

「欲しい素材があったらいつでも頼みに来てくれよ！　すぐに取って来てやるぜ！」

森から逃げる事を良しとせず、あえて郷に残っていた彼等も、久々の森での収穫を心底楽しんでいたみたいだね。

「外の森では入手が難しく高価な品もある。これを追加報酬として受け取って欲しい。売るもよし、自分で使うもよしだ」

と、シャラーザさんが珍しい薬草について説明してくれる。

そう言えばこの辺りの薬草は転生してから見た事が無かったなぁ。

王都の屋敷に温室でも作って栽培してみようかな。

「なぁなぁ、これも持って行ってくれよ！」

「こいつも貰ってくれよ！」

そんな事を考えていたら、郷の人達が次々にお土産を運んできて、ちょっと小山が出来上がってしまった。

「じゃあそろそろ行きますね」

受け取ったお土産を魔法の袋に仕舞うと、僕達は郷を出るべく世界樹に背を向ける。

その時だった。

世界樹がざわりと大きく揺れたんだ。

そして何かが上から落ちてきた。

「ん？」

ちょうど頭の上に落ちてきたものを受け止めると、それが何なのかを確認する。

「これは……木の実？」

そう、僕が受け止めたのは木の実だ。

ただしその大きさは人の頭ほどもある大きな木の実だ。

「これは……」

あれ？　どこかで見たことあるような気が……

「そ、それはっっ!?」

木の実を見たシャラーザさんが突然大きな声を上げる。

「せ、世界樹の実じゃないか!?」

「「「「ええーーーーーっっっ!?」」」」

シャラーザさんの言葉に、郷の皆が驚きの声を上げる。

ああそうだった。これは世界樹の実だ。

前世でも増えすぎた世界樹を伐採した後に、実が落ちてないか探し回っては回収していたんだよね。

また増えないように回収して焼却してたんだよね。

でも今の時代のこの辺りじゃ世界樹の数も少なくなってるみたいだからそんな事をする訳にはいかない。

「はいシャラーザさん、お返しします」

「あ、ああ」

シャラーザさんは驚きつつも世界樹の木の実を受け取ろうとする。

しかしそれをエルフの長老さんが制止した。

「待つのじゃ。これは恐らく世界樹の意思じゃ」

「「「「世界樹の意思?」」」」

「うむ、世界樹は自らを守ったお主への返礼として、実を贈ったのじゃろう。どうか受け取ってはくれまいか」

「長!? 本気ですか!?」

「エルフの、お前!?」

他の種族の長や郷の住民達もエルフの長の発言に驚いている。

「何を驚くことがある。世界樹を脅かす魔物は彼等によって無事駆除された。そして長らく実が熟さなかった世界樹も彼の肥料のお陰で成長し、無事実が熟したのだ。ならばこれからも世界樹は実を実らせ続けるだろう。ならば最初の実は世界樹の意思に従って彼に贈られるべきではないのか?」

「「「「「……」」」」」

　エルフの長の言葉に皆が静かになって考え込む。

「え、ええと……」

　いや、正直言って世界樹の実を貰っても困るんですけど……

　なにせ世界最大の雑草だしなぁ。

　たまたまこの森は土が合わなかったのか成長が上手くいかなかったけど、他の土地に植えたらあっという間に栄養を吸い取って巨大に成長するのは目に見えている。

　ここは郷の皆に頑張ってもらって穏便に返却したいんだけどなぁ……

「確かに、エルフの長の言葉も一理あるか」

　一理あるの!?

「世界樹がそう望むのなら、それも致し方なしか」

　致し方ないの!?

「そうだな。それだけの事を彼等はしてくれたんだものな。俺達は次の世界樹の実を待とう！」

「ああ、そうしよう！」

「世界樹の望むままに！」

　何と言う事だろう。僕の願いとは裏腹に、世界樹の実を返せる空気ではなくなってしまった。

「レクス殿、新たな世界樹をよろしくお願いいたします！」

「……はい」

キラキラとした眼差しのシャラーザさんに押し負けた僕は、差し出した手を引っ込めるしかなくなってしまったのだった。

「さすが兄貴だぜ！　まさか世界樹の種を貰っちまうなんてな！」

「世界樹の実かぁ……表面だけで良いから分けてもらえないかしら。きっと凄い薬の材料になると思うのよね」

「世界樹の実。すっごいお宝が手に入った……！」

「エリクサーの材料になる樹の実ですか。これは凄いものを頂いてしまいましたねレクスさん！」

いや皆、これはそんな良いものじゃないから!?

「ふふっ、流石はレクスさんね。守るべき世界樹の実を報酬に貰っちゃうなんて。まるで救い出したお姫様をそのまま貰っちゃう英雄みたいな活躍だわ」

いやいやいやいや！　何言ってるのリリエラさん!?　これはどっちかと言うと近隣の大地の栄養を吸い尽くす魔王だよ!?

けれど大喜びの郷の人達の前でそんな事を言う訳にもいかず、僕はおとなしく世界樹の実を受け取る事になるのだった。

◆

「はぁー、ようやく戻って来たよ」

世界樹の郷から王都へ戻って来た僕達は、久々の我が家に肩の力を抜いていた。

やっぱり皆我が家が安心するらしく、いつもはピシッとしているノルブさんですらソファーにもたれかかっている。

ジャイロ君に至ってはもう一つのソファーを占領して、モフモフを枕にして寝息を立てていた。

「ギュギュウ！」

あっ、怒ったモフモフに蹴っ飛ばされた。

「さて、それはともかくこれをどうしたものかなぁ」

僕はテーブルの上に置かれた世界樹の実を前に頭を抱える。

下手な場所に植えてもご近所の迷惑だしなぁ。

でも貰ったものを倉庫の奥にしまっておくのも問題だよね。

何か良いアイデアはないかなぁ……

「この国で世界樹の実の面倒くささを理解していて、ちゃんと手入れをしてくれる人……あっ！」

そこで僕はある人の顔を思い出す。

そうだ、あの人なら世界樹の実を上手い事使ってくれる筈！

「よし！　世界樹の実はガンエイさんに任せよう！」

そう、僕は故郷の村で食用キメラの研究に勤《いそ》しんでいるガンエイさんに世界樹の実を任せる事にしたのだった。

いやー、ちょうど良い人が知り合いにいて良かったよ！

「……あのおじさんも面倒事に巻き込まれて可哀そうに。まっ、レクスさんとやりあったんだからしょうがないんだけどね」

「え？　何か言いましたかリリエラさん？」

「なんでもなーい」

11巻魔物座談会後編

マザーユグドイーター	(・ω・)ノ「どうもカニでエビなボスです」
ユグドイーターズ	_(；3」∠)_「お母さんは海産物の希望の星！」
マザーユグドイーター	(；´Д`)「そもそも陸上の生き物なんですけど……」
ユグドイーターズ	ヾ(⌒(_'ω')_「そしてやっぱり後半も他の敵がいない」
マザーユグドイーター	_(┐「ε:)_「黒幕がもう何百年も前にお亡くなりになってるし」
ユグドイーターズ	_(:3)∠)_「噛ませ犬にすらなれぬ魔人は（本編中）最弱よ」
マザーユグドイーター	(・ω・＝・ω・)「あとはええと、一応魔法無効能力があります」
ユグドイーターズ	(o '∀') ノ「剣技の前には無意味だったねお母さん！」
マザーユグドイーター	(；´Д`)「あれホントに剣技なの!?」
ユグドイーターズ	_(┐「ε:)_「ちなみに闘気は魔力以外の不思議エネルギーです」
マザーユグドイーター	(；´Д`)「フワッフワ過ぎない!?　自分たちの技術でしょ!?」
ユグドイーターズ	┐(´ー`)┌「だって使ってる人達が全員戦士(脳筋)だし、仕組みとかは学者の領分だろって感じなんだもん。そんで学者も魔力の運用法の違いじゃねーの？　そんな事よりも魔人をぶっ殺す新魔法創ろうぜの精神」
マザーユグドイーター	(ノД`Ⅲ)「悲しき時代」
ユグドイーターズ	ヾ(⌒(_'ω')_「まぁそのおかげでお母さんが倒された訳だし」
マザーユグドイーター	(；´Д`)「ここ魔物のコーナー！」
ユグドイーターズ	_(；3」∠)_「ちなみに僕らはマザーによって嗜好が違うから、好みにビビッと来る食べ物を見つけるとそれに夢中になっちゃうぞ。だから今頃ご先祖様の故郷は大変なことになってるんじゃないかなぁ」
マザーユグドイーター	('ч')ｩ「あっ、世界樹の落ち葉見っけ（ヒョイパク）」
ユグドイーターズ	(๑˘・з・˘)「「「あー、ずるーい」」」

現代編

『世界樹クッキング』

現代編『世界樹クッキング』

僕の名はノルブ。ジャイロ君のパーティ、ドラゴンスレイヤーズの一員です。

今回は伝説の世界樹の危機を救う為、エルフ達異種族の隠れ郷《ざと》へとやってきました。

……ええ、字面だけ見ても凄い内容ですね。

でもレクスさんと一緒に行動していると、伝説とか幻って単語のついた何かとポンポン遭遇するので、いい加減慣れてき……いえ、やっぱり慣れないですね。

先日も世界樹が一夜にして何倍にも成長しましたし。

今日は一体何が起きる事やら……

◆

「うーむ、他に何か無いものか」

世界樹が巨大化した翌々日、急な成長で何かトラブルが起きていないかと探索していた僕達は、町の一角で何やら唸っている住民達に遭遇しました。

「何かあったんですか？」

何かのトラブルの気配を感じたレクスさんがさっそく彼等に話しかけます。

ああやってすぐに知らない人に話しかけられるのは凄いなぁ。僕には難易度が高すぎますよ。

「ああ、レクスさんか。いやな、世界樹が成長した事でミスリルが採れるようになったって言うじゃないか。だから他にも何か良い素材になるものが無いかと思ってさ」

そう言えば世界樹が成長した際にレクスさんがそんな事を言っていましたね。

これまでもミスリル自体は世界樹の体内で生成されていたみたいなのですが、量が少な過ぎて誰も気付いていなかったのだとか。

それが世界樹が成長した事で、まだまだ量は少ないながらも確認出来る程には精製出来るようになったとドワーフ達が大喜びしていました。

成る程、確かに幻の金属と言われるミスリルが手に入るようになったのなら、他にも有用な素材が得られるんじゃないかと期待するのも分かります。

「レクスさんは何か知らないかい？」

エルフ達に問われ、レクスさんは顎に手をやって考え込みます。

「うーん、そうですね、世界樹の素材ですか。色々ありますけど、今の世界樹の成長具合で得られるものとなると……食材、ですかね」

「食材？　ああ、例のエリクサーを使った肥料の事か？　アレは本当に助かったよ」

「いえ、肥料じゃなくて、世界樹を直接食べる方です」

「へぇ、世界樹を食べ……食べる!?」

「え!?　世界樹を食べるって本気!?　……あっ、木の実の事ね」

世界樹を食べると聞いて、僕達は目を丸くして驚いてしまいましたが、すぐにミナさんが世界樹そのものを食べるのではなく、木の実の方かと気付きます。

ああ成る程、確かに木の実なら食べられますよね。ビックリしたぁ。

「いやいや待ってくれ。世界樹の実は一個しかないんだ。そりゃあいつかは二個目が実るかもしれないが、それでも何百年後になるか……」

寧《むし》ろ彼等の言葉には、間違っても今実っている木の実を捥《も》いでくれるなよという不安が滲《にじ》み出ていました。

まぁ、この状況で一個しかない貴重な木の実を食料になんて言われたら焦りますよね。

何しろ僕達は世界樹だけでなく、その木の実を守る為に魔物達と戦っているんですから。

「いえ、食べるのは木の実ではなく、世界樹の方ですよ」

「なーんだ、世界樹の方か」

「世界樹ならこれだけデカくなったし、ちょっとくらい食べても……」

「「「……って、ええーっ!?」」」

木の実ではなく世界樹を食べると言われて、皆が驚きの声を上げました。ええ、僕も上げました。

「いやいやいや、流石《さすが》に木を食うのは無理だろ兄貴」

世界樹を食べると聞いて、流石のジャイロ君もそれは無理だと否定の声を上げます。

レクスさんを尊敬して彼の全てを肯定するジャイロ君にしては珍しい光景です。

ただ、世の中にはそこまでしなければいけなかった程、食べ物が不足した時があったと、以前お祖父様《じい》は仰っていました。

毒を持った魔物の大発生によって食材が食い荒らされたうえ、討伐の影響で大地が毒に汚染されて浄化が完了するまで作物が一切実らなかったり、単純に大規模な飢饉《ききん》で食料不足に陥ったりしたそうです。

そう考えると、この巨大な世界樹は確かに飢えた人達の腹を膨らませる役には立つかもしれません。味は二の次、そもそも栄養が得られるかは別ですが。

「ううん、世界樹はちゃんと調理すれば食べられるよ。そこそこ美味《おい》しいし、栄養もちゃんとあるんだ」

「そうなんですか!?」

まさかの内心を全否定されてビックリしてしまいました。

ええと、もしかしてレクスさんって心を読む魔法とか使えたりします!?

「世界樹を食べる?」

「一体どうやって？」

レクスさんの発言に、皆さん一体どうやって世界樹を食べるのかと首をかしげます。

「では実際に作ってみましょうか」

というレクスさんの言葉から、僕達はなし崩しで世界樹を食べる事になってしまいました。

◆

「ではこれから世界樹の調理を行います」

世界樹の枝の上の広場には多くの人が詰めかけていました。

というのも皆レクスさんの調理する世界樹料理に興味津々だからです。

「暇人が沢山ねー」

「ん、皆ずっと郷に閉じ込められていたから、実際暇なんだと思う」

確かにメグリさんの言う通り、郷の外に出る事が出来ない現状では、料理一つとっても貴重な娯楽なのかもしれませんね。

もっとも、その料理の内容は明らかに普通じゃないですけど。

「まず用意するのは世界樹の若芽」

そう言って取りだしたのは、キャベツほどもある大きな若芽です。

ええ、これは理解出来ます。植物の芽は柔らかいですし、山菜でも若芽を使うものがありますからね。

「次に世界樹の若葉」

次に取りだしたのは家一軒分はあるかという巨大な葉っぱ。

これでも小さい若葉だというのだから驚きです。

とはいえ、これは定番と言えますね。葉野菜は文字通り葉も食べられますし、香辛料として使う事もあります。

「次は世界樹の樹液」

そう言って取りだしたのは、タルに入った琥珀《こはく》色の液体です。

樹液もまぁ分からないでもないです。実際昆虫も樹液を吸いますし、世界樹の樹液ならきっとレクスさんの言う通り栄養があるのでしょう。

「そして世界樹の樹皮」

ドスンと音を立てて置かれたのは、見たままの樹皮です。

とはいえ、郷ではこれを焼いて鉄などの素材を精製していると聞いたので、この樹皮を食べると言われるとちょっと抵抗があります。

とはいえ、樹皮は飢饉の時にやむを得ず食べる事があると聞いた事がありますから、理解出来ない訳ではないです。

「最後に世界樹の枝です」

と、レクスさんは大きな木の幹のように巨大な枝を取りだします。

……って、枝？

いや、流石に枝を食べるのは無理じゃないですか？

そう思ったのは僕だけではなく、エルフやドワーフといった郷の住人達もやはり無理があるのではと首をかしげています。

「では調理法を説明しますね。まず世界樹の若芽には、これから大きくなる自身を支える為の硬い筋があるので、これを刃で切って柔らかくします。ステーキを焼く前に筋を切るのと同じ要領です」

そう言って世界樹の若芽に包丁を差し込むレクスさん。

「そしたら一口大にカットしてサラダにします。大きいので、薄切りにしたり、ブロック状に切ったりして食感を変えてみましょう」

世界樹の若芽は特に煮たり焼いたりせず、そのまま食べられるみたいですね。

「次に世界樹の若葉。こちらは表面の皮を剝き、中身を潰して汁を絞りとって加熱すればスープになります。世界樹の若芽を具にするのもいいですね」

今度はスープのようです。てっきり樹液がスープになると思っていたんですが違うんですね。

「あの、味付けはどうすればいいんですか？」

レクスさんの説明を聞いていた獣人の主婦がレクスさんに尋ねます。

「世界樹の若葉のスープに味付けは要りません。世界樹が内包する様々な栄養素が味付けとなって、そのままで十分スープとして飲めます。細かい味付けに関しては素の状態の味を確認した後で個人の好みに合わせて調整する程度でいいですよ」

「な、成る程」

ただ温めるだけでスープになるなんて凄いですね。

これ、世界樹の若葉を持ち歩けば、冒険者は携帯食料要らずなのでは？

「世界樹の樹液は清潔な布で濾《こ》して雑味を取ります。そのままだと癖があるので、更に先ほど剝いた世界樹の若葉の皮を洗って乾燥させた物を使って再ろ過する事でお茶として楽しむことが出来ます」

成る程、世界樹の樹液はお茶になるんですか。それに先ほど出たゴミも利用出来るんですね。

「次は世界樹の樹皮です」

樹皮と聞いて、皆さんの空気がピリッとします。

一体どうやって樹皮を調理するんでしょうか。

「世界樹の樹皮はハンマーで細かく砕き、一口大にします。そしたら高温の油の中に入れて揚げ物にしてください」

なんと、レクスさんは世界樹の樹皮を熱々の油が入った鍋の中に放り込んでしまったんです。

ジュワァという大きな音が広場に鳴り響きます。

「樹皮は元から焦げ茶色なので、色で判別するのは難しい為、揚がり具合は音と樹皮に付着する気泡の大きさで確認してください。音が小さくなってきて、樹皮付近の泡が細かくなったら食べ頃です。食べる際は塩、ソース、ケチャップなど様々な調味料と相性が良いですよ」

レクスさんは鍋の中から掬いあげた樹皮を金属製の網の上に置き、余分な油を落とします。

「最後は世界樹の枝ですね」

とうとう枝の出番が来ました。こればかりは一体どうやって調理するのか全く予測がつきません。

「世界樹の枝はそのままだと硬くてとても食べられません」

それは世界樹の枝じゃなくてもそうだと思います。

「なので樹皮の内側、内樹皮と形成層の間を切り取ります」

「内樹皮と形成層？」

聞いたことのない言葉ですが、専門用語でしょうか？

「樹皮には一番外側の外樹皮とその内側の内樹皮があります。そして中の木材として使う部分の一番外側を形成層と言うんです。そして世界樹は内樹皮と形成層が切り替わるところの部位の一部だけが柔らかくなる性質があるんですよ」

へぇ、そうだったんですね。

「でもそんなごく一部の部位だけだと食べるには量が少なくないですか？」

木の構造は良く知りませんが、構造が切り替わるところの薄い部位のさらに一部となると大した量は採れないと思うんですよね。

「それは大丈夫です。世界樹の枝の一部ですから」

と言って木の幹並みに大きな枝をバンと叩くレクスさん。

「あっ、はい。そうですね」

相手は世界樹なのを忘れていました。ええ、スケールが違いますよね。

レクスさんが世界樹の枝を削ると、内部が見えてきます。

「これが世界樹の枝の可食部です」

一見すると普通の枝の一部で、とても食べられるようには見えません。

しかしレクスさんが包丁を突き立てると、するりと刃が刺さっていきます。

そしてあっさりと木の塊が取りだされたのです。

「こんな風に可食部は凄く柔らかいんですよ」

そう言ってレクスさんが取りだした木の塊に指を突き立てると、その部分がぐにゅんと歪《ゆが》んで指が沈んでいくではないですか。

「本当に柔らかいんですね」

この目で見ていても信じられません。世の中はまだまだ不思議な物で溢れているんですね。

「この枝はストレートに焼きます！　手頃な薄さに切ったら、中に火が通るまで中火で焼いてください。ただし焼き過ぎると硬くなって普通の木材と同じになってしまうので、焼き加減には注意が必要です！」

レクスさんは木の塊をスライスすると、フライパンで焼き始めました。

その奇妙な光景は、どう見ても料理には見えません。

「完成！　世界樹の盛り合わせです！」

広場に運ばれたテーブルの上には、様々な料理が並んでいました。

世界樹の若芽のサラダ、世界樹の若葉のスープ、樹液のお茶、世界樹の樹皮の揚げ物、そして枝のステーキ。

食べられそうな見た目をしているものから、とても食べ物に見えないものまでズラリと並んでいます。

「どうぞ召し上がれ！」

そう勧められた僕達でしたが、中々食べようとする人はいませんでした。

そうですよね。いくら食べられると言われても、木の枝を食べるのは躊躇《ためら》われますから。

「はー、今日も疲れたぜ」

「飯だ飯」

「いやその前に酒だろ」

そんな空気の僕達の下に、仕事帰りと思《おぼ》しきドワーフの方達がやってきました。

ああ、そう言えばここは郷の広場ですからね。仕事帰りの方達が通りがかってもおかしくはありません。

「ん？　何やってんだお前等」

と、そんなドワーフ達の一人が集まっていた僕達に気付いてやってきます。

「料理か？　だが何でこんな場所で？」

確かに何も事情を知らない人からすれば、お祭りでもないのに広場に料理が広げられていたら不思議に思いますよね。

「お疲れ様です皆さん。ちょうど郷の皆さんに新しい料理のレシピを教えていた所なんですよ」

「おお、こりゃレクス名誉国王陛下！」

「陛下自ら料理を？」

すっかりドワーフ達は鍛冶《かじ》技術を教えてくれたレクスさんを王様扱いしてますねぇ。

見た目は遥かに年上なドワーフ達が僕らとたいして歳の変わらないレクスさんを王様と呼んで持て囃《はや》すのは不思議な光景です。

「折角ですから皆さんも味見していきませんか？」

「おお、良いんですかい！」

「こりゃありがてぇ！」

そして何も知らないドワーフ達が世界樹料理を口にしていきます。

「あわわ、食べちまった」

「だ、大丈夫なのか？」

彼等が口にした物が何なのか知っている皆が、本当に大丈夫なのかと心配そうな様子で成り行きを見守ります。

「モグ……むっ⁉」

口にした瞬間、表情を歪ませたドワーフの姿に皆が騒《ざわ》めきます。

「お、おい、大丈夫か⁉」

「こりゃ美味《うま》い‼」

けれど、ドワーフ達の口から出たのは予想外の言葉でした。

「このサラダは野菜の青臭さが無くて美味いな！　その分淡泊だがどんな味付けにも合うな！」

「このスープも美味いぞ、野菜も多く入っているから腹にたまる」

「これは茶か、酒じゃないのは残念だが、独特の癖があって面白いな。口直しにちょうどいい」

「この茶色いのはサクサクと面白い歯応えだ。酒のツマミに良いな！　ああ、酒が飲みたくなる」

ドワーフ達の感想は正に絶賛でした。

具材が世界樹と知っている僕達には信じられない程に好評です。

気が付けばドワーフ達はどこからか酒を持ってきて、酒盛りを始めていました。

「ははは、やはり酒に合う！」

特に人気だったのは、世界樹の樹皮の料理でした。

「むぅ、茶色いヤツはもう無くなっちまったか。しょうがない、他のを食うか」

そう言って特に酒に酔ったドワーフの一人が、世界樹の枝にフォークを突き刺して口に運びます。

そして遂に世界樹の枝が彼等の口の中に入っていきました。

「おいおい、そりゃ食い物じゃないだろ」

「ははは、まな板は食えねぇぞー」

仲間が泥酔した勢いでうっかりまな板を食べてしまったと思ったドワーフ達が笑い声を上げます。

「むぐ……」

しかしそんな彼等に反して、世界樹の枝を食べたドワーフは口をモゴモゴと動かし続けていました。

「おいおい、いつまでまな板を齧《かじ》ってんだよ。さっさと吐き出しちまいな」

「ゴクン」

けれど、泥酔したドワーフは口の中の世界樹の枝をゴクリと飲み込んでしまいます。

「お、おい、何飲み込んじまってんだよ!?」

流石にこれには酔っていたドワーフ達も驚きの声を上げます。

「お、おお……こりゃあ」

しかし、そんな周囲の困惑に反し、世界樹の枝を食べたドワーフだけはフルフルと体を震わせて茫然《ぼうぜん》としていました。

「こりゃ美味《うめ》えっ!!」

「「「……えっ？」」」

そして彼の言葉に、僕を含めてその場にいた全員が困惑の声を上げてしまったのです。

美味しいって、木の枝が？　本当に美味しかったんですか？

「何だこりゃ！　滅茶苦茶美味いじゃねぇか！」

さっきまで泥酔していたドワーフの目が輝き、テーブルの上の世界樹の枝に再び手を伸ばします。

そして美味い美味いと言いながら世界樹の枝を次々に口の中に入れ始めたのです。

「お、おい、そんなモン食って本当に大丈夫なのかよ」

「大丈夫も何も、滅茶苦茶美味いぞコレ！」

「ええ、マジかぁ……？」

夢中になって世界樹の枝を食べる彼を半信半疑で見つめるドワーフ達。

何かのイタズラかと疑いたくなる気持ちはありつつも、実際に目の前で食べている以上、少なくとも自棄《やけ》になって僕達を騙《だま》そうとしている感じはしません。

「一口だけ……食べてみるかな」

そして遂に好奇心に負けたエルフが世界樹の枝を小さく切って口に運びました。

「「「……っ」」」

その光景を固唾を呑んで見守る住人達。

「……うわ、ホントだ。美味い」

「「「……!?」」」

その言葉がきっかけとなり、皆がテーブルへと殺到しました。

そして残っていた料理を我先にと食べ始めます。

「ホントだ！　美味しい！」

「嘘だろ？　マジで美味いぞ!?」

世界樹の料理を実際に食べた住人達が、自分の味覚が信じられないと言わんばかりの声音で料理を絶賛します。

そしてその言葉を聞いて、未だ動けずにいた人達までもがテーブルへと向かって行きます。

気が付けば、その場にいた全員がレクスさんの作った世界樹料理を食べていたのでした。

◆

「はー、美味かったぁ」

世界樹料理を食べ終わった皆さんは、満足そうな笑みを浮かべてまったりしていました。

「それにしても、世界樹がこんなに美味かったなんて驚きだな」

「ああ、今までとんでもなく損をしていた気分だよ」

「もっと他にも美味しい食べ方があるのかな？」

「「「……じゅるり」」」

と、皆さんの目がギラリと世界樹を見上げます。

その眼差しは守るべき霊樹に対するものではなく、明らかに獲物を見る獣の目つきでした。

ザワ……と風に吹かれた世界樹の葉が鳴らす音には、あたかも世界樹が怯えたかのような錯覚を覚えます。

うーん、これ、大丈夫なんでしょうか。僕らが帰ったあと、魔物の代わりに彼等が世界樹を食べ尽くしてしまわないと良いんですけど。

「なぁレクスさん、世界樹って他の事にも使えるのかい？」

と、料理を食べてまったりしていたエルフの一人がレクスさんに尋ねました。

「他にもですか？　そうですねぇ」

「それに世界樹が成長したらミスリルが採取出来るようになったって事は、もっと成長したらまた別の素材が採取出来るようになるんじゃないのか？　レクス名誉国王陛下、他にもそういうのはあるんですかい？」

更に酒盛りをしていたドワーフ達からも問いかけが生まれます。

「そうですねぇ。食用の素材としては世界樹の根と実くらいでしょうか。あとは……もうちょっと成長すればオリハルコンも採れるようになるんですけどねぇ」

成程、根っこと木の実ですか。薬草なども同じ植物と考えれば根っこが食材になるのは理解出来ますね。

「へぇー、オリハルコンも採れるように。それは凄いで…………ん？」

「「「って、オリハルコンンンンンンンンンッッッ!?」」」

それ、伝説の金属じゃないですかぁぁぁぁぁぁぁぁっ!!

「な、ななっ!?」

「まぁ大した量じゃないから、素直にオリハルコン鉱床を探した方が早いんですけどね」

「「「いやいやいやいや、そういう問題じゃなぁぁぁぁぁぁぁぁいっっ!!」」」

こうして、世界樹を食べた余韻を吹き飛ばす叫びが、郷中に響き渡ったのでした。

余談ですが、オリハルコンが採れるようになるには後千年くらいはかかるとの事でした……が、レクスさんなら一夜で採取出来るくらいに成長させちゃうんでしょうねぇ。

あとがき

作者「二度転生11巻お買い上げありがとうございます！　原稿書いてる途中でぶっ倒れましたゲフゲフゲフッ！」
モフモフ「ガチで寝込んだのは数年ぶりよなぁ」
作者「喉が本当につらかった。ポ〇リとDA・K〇・〇Aとクー〇ッシュが無かったらヤバかった」
モフモフ「次のワクチンどうしようかって保留してる時に来たのはホントタイミング悪かったな」
作者「という訳で半月自宅待機しておりました。何がキツかったたって、動けるようになった後もウイルス排出で迷惑かけないように、一定期間経過するまで喫茶店での執筆を自粛してた事だわ」
モフモフ「お家《うち》だと執筆する意欲無くなるからなぁ（360度オールレンジ誘惑の群れ）」
作者「まぁそんな訳で無事復活した訳です」
モフモフ「心配してくれた皆様、温かいお言葉ありがとうーっ！」
作者「という訳で11巻です。凄いね11だよ」

モフモフ「11屋だけに？」
作者「11屋だけに」
モフモフ「（そっと座布団を画面外に放り投げる）さて、11巻ではエルフや世界樹が登場したがまぁ酷い目に遭いましたね雑草とか」
作者「まぁ世界樹って普通に考えると周囲の栄養食い尽くす侵略的生物だしね。規模的に」
モフモフ「かつてこれほどまでに世界樹を扱《こ》き下ろした作品があっただろうか」
作者「いやだって、最終的に山脈ほどにもなる単体植物だよ!? 周囲の植物は日照権もないし水もぶっとい根に吸い尽くされるし、栄養は言わずもがな。なんなら周辺の枯れた植物が世界樹の栄養になるのは想像に難くない。いわば物凄く迷惑な規模のミント」
モフモフ「ミントに土下座するべきでは？」
作者「世界樹が？」
モフモフ「……」
作者「そんな訳で世界樹って普通に考えたらヤバイのよ」
モフモフ「だが世界樹にはミスリルやオリハルコンといった各種素材が内包されているんだろう？ それってつまり滅茶苦茶価値のある植物なのでは？」
作者「……モフモフ君」
モフモフ「君!?」

作者「よく考えてみたまえ。世界樹は周囲の栄養やらなんやらを根こそぎ吸い尽くして成長して埋め尽くしていくんだぞ。という事はその真下に鉱床があったらどうなる？」
モフモフ「そりゃあ世界樹の根に埋もれ……まさか!?」
作者「フグは毒素を持った海洋生物などを食べて体内に毒を溜める。つまり分かるね……」
モフモフ「マジで害樹じゃん……」
作者「という訳で世界樹がヤベーのが分かりましたね」
モフモフ「という事は魔人がユグドイーターを投入したのって、この世界においてはかなりの奇貨だったたって事？」
作者「ネタバレになるけど、世界樹が吸収したある素材がユグドイーター達を夢中にさせたんだろうな」
モフモフ「という事は世界樹によってはユグドイーターが見向きもしなかった可能性がある？」
作者「あくまでユグドイーターの好みによるので」
モフモフ「魔人君凄まじいピンポイントで当たり引いたな」
作者「ソシャゲで狙ったSSRを一発で引くくらいの確率かな」
モフモフ「まぁ当人はそこで運を使い切った訳ですが」
作者「戦う前から既に死んでいる魔人」
モフモフ「末路バリエーションに救いが無さすぎる」

作者「だって魔人だもん」
モフモフ「ところで世界樹には他の種族もいたようだが、あまり出番が無かったのは？　作者の実力不足？」
作者「違うもん！　出番が拡散し過ぎると個々の種族が薄くなるからあえて焦点を絞ったんだもん！」
モフモフ「そういう事にしておこう（満面の笑み）」
作者「そのうち別作品で出番あるからいいんだい！」
モフモフ「え？　我のスピンオフ？」
作者「それはない」
モフモフ「我をソロデビューさせれば絶対大ヒット間違いないのに」
作者「オチがお漏らしじゃあなあ」
モフモフ「漏らしてないもん！　心の汗だもん！　武者震いとかそういうのだもん！」
作者「どんな武者震いだよ」
モフモフ「ほら、エルフも色々まき散らしながら吹っ飛んでたし」
作者「死にかけてた人達と一緒にするな」
モフモフ「というか、エルフ達本当に大丈夫なん？　絶対アレおかしなことになってると思うけど」

作者「大丈夫、訓練に参加してない一般エルフは普通の感性のままだから」
モフモフ「つまり訓練されたエルフ達はあのままということかぁ」
作者「人の身を超えた力を得るには代償が必要なものだから」
モフモフ「代償が大きすぎるんだよなぁ……」
作者「彼等は悪魔の誘惑に乗ってしまったんだよ」
モフモフ「悪魔とっくに死んでんじゃん。とか言ってる内にお別れの時間がやってきました」
作者「今回も最後まで読んでくださってありがとうございましたー！」
モフモフ「それでは、また次巻でっ!!」
作者「お会いしましょうーっ!!」

戦国小町苦労譚
転生した大聖女は、
聖女であることをひた隠す
領民0人スタートの
辺境領主様
ヘルモード
～やり込み好きのゲーマーは
廃設定の異世界で無双する～
二度転生した少年は
Sランク冒険者として平穏に過ごす
～前世が賢者で英雄だったボクは
来世では地味に生きる～
俺は全てを【パリイ】する
～逆勘違いの世界最強は
冒険者になりたい～
反逆のソウルイーター
～弱者は不要といわれて
剣聖(父)に追放されました～
毎月15日刊行!!
最新情報は
こちら

無職の英雄
別にスキルなんか要らなかったんだが
もふもふとむくむくと異世界漂流生活
冒険者になりたいと都に出て行った娘がSランクになってた
メイドなら当然です。
濡れ衣を着せられた万能メイドさんは旅に出ることにしました
万魔の主の魔物図鑑
—最高の仲間モンスターと異世界探索—
生まれた直後に捨てられたけど、前世が大賢者だったので余裕で生きてます
偽典・演義
〜とある策士の三國志〜
ようこそ、異世界へ!!
EARTH STAR NOVEL
アース・スターノベル

EARTH STAR NOVEL

二度転生した少年はSランク冒険者として平穏に過ごす
～前世が賢者で英雄だったボクは来世では地味に生きる～ 11

発行 —— 2024年2月15日　初版第1刷発行

著者 —— 十一屋　翠

イラストレーター —— イケシタ

装丁デザイン —— 冨永尚弘（木村デザイン・ラボ）

発行者 —— 幕内和博

編集 —— 古里 学

発行所 —— 株式会社アース・スター エンターテイメント
〒141-0021　東京都品川区上大崎 3-1-1
目黒セントラルスクエア　7F
TEL ：03-5561-7630
FAX：03-5561-7632

印刷・製本 —— 中央精版印刷株式会社

ISBN 978-4-8030-1909-4